ALFAGUARA^{MR}

JUVENIL

ALFAGUARA JUVENIL^{MR}

ALFAGUARA MR

JUVENIL

UNIDOS CONTRA DRÁCULA

D.R. © del texto: LUIS MARÍA PESCETTI, 2013
www.luispescetti.com
c/o Guillermo Schavelzon & Asoc. Agencia Literaria
D.R. © de las ilustraciones: POLY BERNATENE, 2013
D.R. © Ediciones Santillana S.A., 2013
Buenos Aires, Argentina

D.R. © de esta edición:
Editorial Santillana, S.A. de C.V., 2014
Av. Río Mixcoac 274, Col. Acacias
03240, México, D.F.

Alfaguara Juvenil es un sello editorial licenciado a favor
de Editorial Santillana, S.A. de C.V.

Éstas son sus sedes:

ARGENTINA, BOLIVIA, CHILE, COLOMBIA, COSTA RICA, ECUADOR, EL SALVADOR,
ESPAÑA, ESTADOS UNIDOS, GUATEMALA, MÉXICO, PANAMÁ, PARAGUAY, PERÚ,
PUERTO RICO, REPÚBLICA DOMINICANA, URUGUAY Y VENEZUELA.

Primera edición: octubre de 2014

ISBN: 978-607-01-2213-2

Impreso en México

SANTILLANA

Unidos contra Drácula

Luis María Pescetti

Ilustraciones de Poly Bernatene

ALFAGUARA ^MR
JUVENIL

Cuando a un libro lo miran,
¿el libro qué ve?

CONJUGACIONES

Yo Microsoft.
Tú Barbie.
Él Transformer.
Nosotros McDonald's.
Ustedes Disney Channel.
Ellos Nike.

* * *

Yo exploto.
Tú explotas.
Él se enoja.
Nosotros no nos aguantamos.
Ustedes no se toleran.
Esto es imposible.

Yo cocacolo.
Tú cocacolas.
Él cocacola.
Nosotros cocacolamos.
Ustedes cocacolan.
Ellos cocacolan.

* * *

Yo con... templo.
Tú con... versas.
Él con... sume.
Nosotros con... vivimos.
Ustedes con… ceden.
Ellos con... traen.

Yo por uno: yo
yo por cinco: otros
yo por tres: los tuyos
yo por cuatro: nosotros
yo por dos: juguete

* * *

Yo soy perfecto
tú eres ferpecto
él ese prfescto
nosotros somos trefectos
ellos son prefectos
ustedes son ferfe`ctos

Te mando

Te mando un gran abrazo, dos estornudos, cuatro toses
seis palmadas en la espalda
un piano volador, cinco bostezos.
¿Anotaste?
Si no, no importa.
Te lo repito.

Te mando un te quiero.
Un siempre estaré
cuatro aquí estoy
cinco palmadas en tu hombro
un avión a ras del piso, un barco envuelto
un amor, un amor, un amor
que no te falte, ni que se deje atar.
No sé si coinciden las dos listas.
¿Anotaste?
No importa.

Hágame caso

—Llévese "agua", hágame caso.

—Sólo por saber, ¿cómo funciona al lado de "jarra"?

—La llena, la vuelca.

—¿Al lado de "sed"?

—La sacia, la enloquece si está inalcanzable.

—Al lado de "río".

—Canto de lavanderas, fluye, navega.

—Pruébela al lado de "lluvia".

—Demasiado evidente.

—Al lado de "calle", entonces.

—Lava los pasos de las personas, la ciudad transpira.

—Podría ser…

—¿Qué me dice, entonces?

—Podría ser, podría ser… A ver, muéstreme otra palabra.

PLAN PARA LO QUE MÁS ME IMPORTA

He perdido en tenis, en futbol,
en natación y en voleibol,
y ella me miraba.

Quedé al último en torneos de ajedrez, billar, karate,
montañismo y pelota vasca.
No califiqué en boliche, críquet, sumo, pin pon,
beisbol y patinaje sobre hielo, sobre ruedas o lo que fuera.
Tropecé cuando entraba al cuadrilátero de boxeo,
perdí la tabla de surf...
y ella me miraba.

Casi me saco un ojo en esgrima,
ningún capitán me escogía en futbol,
en remo no logré llevar el ritmo,
en equitación iba en contra del trote del caballo,
en una regata jamás pude armar la vela,
se me desataba el cinturón blanco en judo...
y ella me miraba.

Voy a inventar un deporte secreto,
entrenaré y entrenaré sin decirle a nadie.
Luego la invitaré a primera fila
y no haré más que ganar, ganar y ganar
frente a sus ojos
lo único
lo que más me importa.

Lo

Lo que viniste
lo que me gusta
lo que me cansa
lo que te tira
lo que me aplasta.
Lo que me resta
lo que me asusta
lo que me besa
lo que me busca
lo que me lleva
lo que me enseña
lo que me llega
lo que me gusta.
Lo que te pienso
lo que te ilustra
lo que te fuiste
lo que te veo
lo que te sueño
lo que te quiero
lo que te llevo.

Lo que te sigo
lo que te digo
lo que te leo.
Lo que te traigo
lo que te dejo
lo que me llevo.
Lo que te abrazo.
Lo que te espero.

Método lógico que resuelve el aprendizaje del habla

Cuando nace un niño, en el hogar al que llega no se les ocurre nada mejor que seguir hablando como siempre.

No debe extrañarnos si cualquier niño demora un año y medio o dos, o más aún en comenzar a hablar
¡si estuvo expuesto a la más caótica de las experiencias!
¿Es que para nada existe un alfabeto que ordena las letras…
y con él un diccionario que ordena las palabras?

De ahora en más, ante la llegada de un recién nacido a un hogar,
el primer día sólo se pronunciará la letra "a",
lo que sea que haya que decir sólo se utilizará la "a".

Por ejemplo:
—Marta, ¿quieres bajarle a la música por favor?
Se dirá:
—Áa, ¿aá aá a áaa á aá?
A lo sumo señalando con la mano.
El segundo día se usará sólo la letra "b", de la misma manera.

Se progresará hasta completar el alfabeto para luego continuar, como indica la más mínima lógica, con las palabras en el orden que las presenta el diccionario.

Por ejemplo, si ya llegamos a la palabra "barco", la siguiente frase:
—Arturo, ¿por qué no te levantas y le bajas tú a la música?

Deberá decirse:
—Barcoba, ¿bar bar có bar co barcobar co bar bar co bar cobarco?

Yo calculo que con este método racional los niños ya conocerán todo el alfabeto en el primer mes y, a lo sumo, en tres meses los tenemos platicando normalmente y no como ahora, ¡por favor!

Pero, claro, ¡hay grupos muy poderosos a los que les conviene que los niños se tarden en empezar a hablar!

En red

Los primeros e-books no pasaban de ser archivos,
contenedores bobos.
Luego se diseñaron programas capaces de identificar ideas,
conceptos, campos semánticos*
y relacionarlos dentro de un mismo libro
o entre los libros que cargábamos en nuestro e-book.
Después uno podía indicarles temas de interés,
tagueaba y ordenaba aquellos campos semánticos
en torno a esos temas.

Ahora trabajamos en lo mismo, pero a nivel inconsciente.
Somos incapaces de explicar nuestros propósitos o deseos.
Esta aplicación detectará nuestras acciones y deducirá
qué metas se ocultan detrás de ellas.
Luego nos avisará si hay metas contradictorias entre sí
o propósitos que lleven a fines no deseados
(una vez que haya entendido el riesgo de seguir,
puede cliquear en "sáqueme de aquí"
o "avanzar de todos modos").

El mismo e-book almacenará esa información
y la sincronizará
con las bases de datos en nuestros servidores
pero de manera oculta.

---

* N. del E.: Conjunto de palabras relacionadas por su significado.

Los programas robots se encargarán de avisarnos sobre
posibles aliados, oponentes, gente que deberíamos conocer
o con la que competimos sin saberlo.
Personas de las que convendría alejarnos,
otras con las que sería muy significativo asociarse, casarse.

De todos modos si no es Chana, es Juana
porque siempre queda afuera el azar
y algunos detalles no computables,
eso sí.

Sobre con dinero

Sobrino, esto es para que te compres un disco, pero no
esa basura que oyen ustedes, sino uno que esté bueno,
que sea educativo, que te ayude a formarte... jazz, música clásica, algo que valga la pena, no un ruido que
no se entiende un cuerno y para colmo te destruye los
tímpanos que, de por sí, ya no sirven mucho que digamos a tu edad, y ni oyen tampoco por eso que llaman
música y les gusta. ¡Búscate algo de folclor! Un buen
son huasteco, un lindo huapango, algo que sea bien
nuestro, no esa basura de música que les enchufan de
otros países que ni se enteran de lo nuestro... pero bien
que nos atascan de las porquerías que hacen allá. Busca
algo de calidad no que sea una moda que mañana ya ni
te den ganas de oírlo y lo dejes tirado y ni sepas dónde.
Un discurso, algo que te forme.
Qué le vamos a hacer, yo sé que no vale la pena que
te digamos esto porque vas a terminar comprando lo
que se te antoje...
Pero ya ni qué, al cabo es tu cumpleaños y el que se
arruina eres tú

Afectuosamente, tus tíos,
que lo seguimos siendo por más que nos visitas tan
poco que parece que ya no nos consideras tu familia.
¡A ver si nos llamas más seguido!, aunque sea ¿no?

ACENTÓ

Pará edúcar a los niñós débemos póner el acentó tó tó tó
en áquello que seá fundaméntal.
Los niñós necésitan reglás,
ígual que las cíudades necesitán sémáfórós a éléctrícídád.
La éléctrícídád púede genérarse dé formá eolíca,
hidraulíca o con petroléo.
Entoncés, pará que los niñós tengán reglás clarás
hay que píntar los sémaforos de blancó y téner petroléo
o víento y una cáida de aguaguaguá.
Ási los chíquillos pará su crecimientó téndran
herrámientas que los ayudén en la vidá,
dadá, dadá…
dadá.

Pero más

Casi todo lo que veo
lo quiero tocar,
pero más el mar.
Pero más tu cara
que te quiero, quiero
y quiero.

Casi todo lo que veo
lo quiero tocar,
pero más el cielo.
Pero más tus labios,
que te quiero, quiero
y quiero.

Casi todo lo que veo
lo quiero tocar,
pero más la lluvia.
Pero más tu mano,
que te quiero, quiero
y quiero.

Casi todo lo que veo
lo quiero tocar,
pero más tus ojos
y más tu cabello,
y más
cada palabra
que dice tu aliento.

Sentado en la banqueta

El poema es un muchacho,
una chica que lava platos
en un restaurante por 900 euros al mes.
Es un número de lotería,
nada cercano a un manifiesto "queridos compañeros…",
sino "me urge un beso",
"me falta, me urge un beso",
"sálvame ya, sálvame, ahora".

Se lava el detergente de las manos,
ordena la pila, se seca en el delantal
y sale a fumar.
Piensa
con los ojos finos
en una orilla que todavía no alcanza a ver.

Visita

Qué bueno que vinieron
por favor, dejen su ropa en el sillón de entrada
no, los pantalones no; me refería a los abrigos
espere, la camisa tampoco, por más que sea abrigadora
vuelva a ponérsela.
Señora, póngase el vestido… qué vergüenza.
Lo que quiero decir es que se queden con la ropa
más cómoda.
Alto ahí, no pueden pasearse por mi casa en ropa interior
qué descaro.
Se van todos, se van ahorita mismo.
Pero vístanse
su ropa
no me dejen esto.
Oigan.

Currículum en tres colores

Currículum en rojo

Luis usa pluma roja para subrayar los libros
y no lee sin subrayar.
Sabe que hubo un aviador que se llamó "Barón Rojo"
conoce las rosas y tiene flores de salvia de color rojo.
Su propia sangre es roja
escribió un libro con variaciones sobre Caperucita.

Currículum en azul

Luis tiene ojos de color azul claro y una playera azul oscuro.
El cielo que se observa desde el patio es de ese color intenso.
Escribe con plumas azules, tiene una pluma fuente azul.
Se ha soñado volando en su niñez
de grande toma aviones varias veces al año.
Los aviones se sumergen en un azul profundo
aunque desde la ventanilla no se note.

Currículum en verde

Luis no es verde, no usa plumas verdes
ni tiene nada en su cuerpo de ese color.
Toda la verdad sobre este tema la detalló en su
autobiografía *Descanso al regar las plantas.*

Próximas entregas

Currículum en madera, en animales, en amigos
en acciones cotidianas y el infaltable
de siéntate por ahí y escribe mi currículum.

Ufanos

El perro tiene miedo,
entonces ladra.
Él no advierte su propio miedo
sólo oye su ladrido.
Entonces se le hincha el pecho,
vuelve a su hogar y dice, ufano:
"No hay que tener miedo, hay que ladrar".
Sus hijos lo admiran, claro,
y la esposa se llena de orgullo
ante la bravura de su jauría.

Igual hacemos las personas,
y es un gran esfuerzo de mineros
sentarnos frente a ese miedo.

No es lo mismo

No estuvimos juntos,
nos sentamos cerca.
No nos hablamos,
nos dijimos: "¿Todo bien?".
No nos encontramos,
coincidimos en la fila.
No hicimos una cita,
quedamos en llamarnos.
No estamos en contacto,
tenemos nuestros datos.
No compartimos un momento,
fuimos a la misma reunión.
No nos vemos siempre,
nos cruzamos por la calle.
No contamos con el otro,
nos decimos "Háblame cuando quieras".

Cuándo

—Ayer iríamos al restaurante ese que nos dirás y comiéramos muy rico con Carlos.

—¿Habrías visto? Qué bueno que irán y les gustara o gustase.

—La apariencia no querría que hubiera sido que uno dijo "aquí se comiéramos rico".

—Con Alberto nos pasase o pasara lo mismo, lo miraremos y habríamos dicho: "Mmm… ¿busqué otro?".

—Tal cual, pero ya si hubiéramos ido hasta ahí, decidamos que entren.

—¿Y después?

—De-li-cio-so… como te diré antes.

—Con Alberto hubiéramos *volvido*.

—¿Y por qué no fuimos los cuatro la próxima vez?

—Genial, lo hemos tenido que hacer así.

Canción del señor
que hace los días

Voy a correr las cortinas
debo empujar las estrellas.
Traigan leña, enciendan fuego
y pongan el cielo en azul.

Abran las calles sus puertas
que al engranaje del Sol
le puse aceite, toqué unos botones,
y el horizonte bajó.

Es noche en China, en la India
es día aquí y en Portugal.
La Tierra gira, respira y descansa
siempre mitad por mitad.

Falta sonido en los ríos
¿quién se olvidó de poner?
Abran ventanas y en las ciudades
los bares sirvan café.

PALITO USA MANO

El lápiz sobre la mesa es un palito mudo que acecha,
espera una mano
parece muerto, pero no.
Pasa una, sigue su viaje
el palito no parpadea ni respira.
Pasa otra, lo mira, se tienta,
lo toma y ahí
perdió la mano porque ellos
comen papel.
¿Bailas?, le pregunta.
La mano cierra los ojos embriagada.
El palito es un tren de humo
una chimenea que cuenta.
La mano se cansa o despierta.
Debo seguir con mi trabajo,
comenta agradecida.
Lo posa sobre la mesa, y él se calla
ahíto de papel.

Vuelve al acecho
pasa otra mano, sigue su viaje
parece muerto
pero no.

Instrucciones para hacer un cohete que llegue a la Luna

Se busca un tubo del tamaño que podamos entrar
y se le ponen los botones y una palanca
adentro.
Se pinta con nuestro nombre y el del país
afuera.
También pondremos un banquito o dos, sándwiches,
refrescos y oxígeno y un mapa.
Se le hace una tapa que termine en punta
y abajo va la parte
de la propulsión como para llegar
hasta la Luna y regresar.
Y una puerta
y una ventana para las fotos y mirar.
Y listo.

TRÁFICO AÉREO

Con tanto kilo
con tanto peso
con sus valijas,
sus pasajeros,
con sus recuerdos,
con los pañuelos,
unos vestidos,
algunos quesos.

Para parientes
que viven lejos.
Para ellos mismos,
porque partieron.
Con tantos kilos
levantan vuelo
esos aviones
de puro acero.

Con pasajeros
que van comiendo
y a sus barrigas
las van hinchiendo.
Llevan bolsillos
que van cargados,
y tienen sueños
que son pesados.

Con las turbinas,
se van tronando,
con tanto esfuerzo,
se van trepando.
Escaladores
que agujerean
todas las nubes
que los rodean.

Los angelitos,
que son etéreos,
viven mirando
el tráfico aéreo.
Con comandantes
y tripulantes;
con tantas cosas
que no había antes.

Y se preguntan,
con picardía:
"¿Cómo es que flota
esa porquería?
Si es estético,
¡y hasta poético!,
que pasen hierros
sobre los cerros".

Un mensaje para este regreso a clases

Queridos niños: déjenme que les pida una cosa.
En estos días van a regresar a la escuela.
Todavía están a tiempo,
¡escóndanse!

La escuela es de las experiencias más peligrosas del mundo.
Están los terremotos, los huracanes,
el viaje a las estrellas y después
¡la escuela!

Hagamos un plan: escóndanse en el clóset de su
cuarto, o debajo de la cama. Algún lugar en el que
las personas con quienes vivan no piensen jamás en
encontrarlos, por ejemplo ahora no se me ocurre.
Pero refúgiense ahí. Entonces por la mañana no los
encontrarán y ustedes podrán escapar en libertad.
¡Todavía están a tiempo!

Conozco el caso de un niño que fue a la escuela y
unos marcianos habían reemplazado a los maestros y
le chuparon el cerebro.

Esto es científico, no se lo digo por inventar.
Conozco el caso de otra escuela en la que fueron los
maestros los que reemplazaron a los marcianos.

¿Cómo distinguir si su escuela está en poder de marcianos
que quieren invadir el planeta?
Es una tarea difícil. Tal vez ustedes van muy confiados
y no se percatan de que toda la escuela está llena
de marcianos reemplazantes y así quedan expuestos a
su peligro.

Y si la escuela no hubiera sido invadida por extraterrestres,
de todos modos es de los lugares más infinitamente
peligrosos de todo el mundo. Les digo esto
científicamente, niños. Créanme.

¿Por qué creen que en casi ninguna escuela hay perros?
Porque los marcianos saben que los perros son los
mejores amigos de las personas y-por-e-so-no-los-dejan-
en-trar. Así de clarito.

¿Y por qué creen que en casi ninguna escuela hay gatos?
¿Porque los gatos saben leer? No, los gatos no saben leer.
¿Los gatos saben escribir? Tampoco.
Entonces debería haber, ¿y por qué no hay?

La respuesta es muy sencilla: porque los gatos saben oler el peligro, y los marcianos son peligrosos, por lo tanto los gatos huelen a los invasores extraterrestres y deciden que mejor no van.

¿Por qué este razonamiento no se le ocurrió a nadie antes? Es imposible que no se le haya ocurrido a alguien más. Seguro que sí se le ocurrió, y lo atacaron los marcianos reemplazantes de la escuela.

Niños, ¡háganme caso! La humanidad entera corre peligro. No es cierto que todos necesitan saber leer y escribir. ¿Nadie se dio cuenta de esa gran mentira? Bastaría con saber una cosa u otra y que siempre fuéramos de a dos. ¡Es evidente!
Si ustedes saben leer, por ejemplo, y un amigo de ustedes sabe escribir… ¡ya está!
No necesitan aprender las dos cosas.
Ahora bien, ¿y por qué se imaginan ustedes que siempre nos dicen que hacen falta las dos cosas?
Muy sencillo: porque los marcianos reemplazantes necesitan el doble de tiempo para chuparnos el cerebro.
¿Y por qué necesitan el doble de tiempo? Porque la máquina de chupar cerebros les funciona lento, por-e-so, así de sencillo.

Si les funcionara bien, lo harían en la mitad de tiempo.
¿Es que nadie se dio cuenta de esto antes?
Listo, yo ya avisé.

Y pensar que estoy salvando a toda la humanidad, aquí
nomás, tan tranquilo. Pero, el día de mañana, me van
a hacer una estatua como con dos caballos, por lo
menos.

Pieza para trompeta y cantante

Ta tara tarí
larai la lí
tu tururú turíiiiiiiiii
lai lara lá
la lái
la lí.

Ta tata tátata tátata táaaaa
Larai
la lá
ta táaa
la…
láaaaa.

Atento anuncio

A mi familia, mis amigos, a los compañeros de trabajo

El próximo martes entre las 7 y las 10:20
voy a llamarme "Luis",
de 10:20 a 14 favor de llamarme "Mateo".

De ahí hasta las 17 hrs. paso a llamarme "Aníbal"
luego haré una pausa hasta las 17:30.

A esa hora: "Fernando" hasta las 18:15,
de 18:15 a 18:50: "Claudio". De ahí a 19:15: "Alberto".

De nuevo pausa entre 19:15 y las 22
seré innombrable
no me busquen.

Retomo a las 22 con "Juan" hasta las 23:30.

Anoten, porque el jueves pasado
se confiaron en la memoria
y fue un relajo.
Gracias.

Casas

El mundo está lleno de casas.
Hasta los cantantes de rock,
los que dicen que el sistema se caiga,
se aseguran un techo.

Ramas en la selva, tiendas del desierto,
burbujas de aire con arañas bajo el agua,
chozas en las orillas.
Indios, caracoles, oficinistas,
mis primos de Santa Fe,
puerquito de la casa de paja
o del criadero,
Cormac McCarthy en su casa rodante en la frontera…
todos con casa.
Línea de la Tierra llena de chimeneas,
cascaritas en el lomo del horizonte.

En barcos amarrados al embarcadero
oyen la radio.
Flotan.
Algunos necesitan orden
otros que sea bulliciosa.
Los que recuerdan a seres queridos
su memoria es la casa.

Otros quieren escapar
y la culpa es una casa que los encierra.
El cariño es la casa de los amantes.

Mejor que cada uno imagine su casa
porque de todas maneras se construye,
queriendo o sin querer
un día abres los ojos,
y te encuentras en algo
que es tu casa.

Tarea para el hogar
mira fotos
sueña tu casa.

Mentalidad de colonizados

¿Quién inventó las canillas, los grifos, las llaves?
Hay que ser medio tonto o tonto del todo.
Quieres agarrar un pedazo de carne con una llave,
y se te cae. Se te cae. No sirve.
O coser, prueba coser con la llave, no sé, un botón,
un parche en un codo…
Y no es que no se pueda porque uno no tenga paciencia
o no le busque solución.
Yo probé, no hablo porque me lo contaron.
No-se-pue-de.
Un día hasta llegué a probar:
vamos a ver si en vez del pantalón me pongo
la famosa llave
que tanto molestan, me dije.
Ni dos cuadras pude caminar. Que me fuera a mi casa,
que era un depravado, un no sé qué.
¡Ahí está la llave, tanto que insisten!
Me metí porque se estaba poniendo fea la situación,
pero después
me agarró un berrinche que no quería salir más a la calle.
Les venden lo de la llave y se lo tragan. Les demuestras
que no es como nos cuentan y se creen que eres un
provocador, alguien que quiere tirar abajo el sistema.
Lo que quiero es que abran los ojos.

Hoy nos saturan de llaves porque dejaron de usarlas
o les sobran,
mañana nos saturarán de otra cosa y nosotros órale.
Óiganme bien, hay gente que las empotra,
las enchufa contra la pared,
no me lo contaron, lo vi.
Ni abrí la boca, me hice el desentendido y seguí.
¿Lo pueden creer?
Que unos que nos vendan llaves: supongan, es su negocio…
¿pero que la gente las pegue en las paredes?
¿Estamos todos locos?

EL HOMBRE GLOBO

En la primavera el hombre globo es feliz,
se infla y lo empuja un aire de seda.
Se disimula entre los globos
que escapan de los niños
o que liberan en alguna feria.
Ve los parques desde lo alto,
las copas de los árboles,
las personas que toman el sol o cantan.

El hombre globo es feliz
y eso que todavía no sabe
que entre tantos globos sueltos
hay otros como él
y una mujer globo.
Con un poco que ayude el viento
la llegará a conocer.

T3clad*

A t*da la p*blación d*c3nt3: 3l t3clad* d3 la c*mputad*ra d3 la S3cr3taría sufr3 un d3sp3rf3ct* m*m3ntán3*, ya h3m*s llamad* al técnic* qui3n qu3dó d3 pasar ay3r, p3r* ni apar3ció.
S*licitam*s al cu3rp* d*c3nt3, qu3 utiliza 3sta c*mputad*ra habitualm3nt3, qu3 haga m3m*ria si t*car*n alguna c*mbinación d3 t3clas 3n 3sp3cial.

La r3unión d3l mart3s tr3s pasa al vi3rn3s s3is, p*rqu3 c*n 3st3 pr*bl3ma s3 pr3sta a c*nfusión la f3cha.
La h*ra qu3da igual: las 13.

At3ntam3nt3

Marta

S3cr3taría

P/D: ¿Algun* sab3 d3 *tr* chic* qu3 s3 d3diqu3 a 3st* y l* pu3da r3c*m3ndar?
3l ma3str* Gauna dic3 qu3 Raúl, d3 quint* "B", 3nti3nd3 much*.
C*nfirm3n.

En total

Sólo dos tenían el pelo castaño, una sola llevaba cinturón.
Tres usaban lentes para leer.
Dos hablaban francés.
Ninguno de ellos era pariente entre sí.
Una de las personas era calva.
Dos practicaban medicina.
Dos tenían un libro en las manos.
Una jamás había viajado.
Tres sabían cocinar.
Dos sabían dibujar a lápiz.
Una persona estaba en el cine, dos sabían dibujar con tinta.
Una odiaba leer periódicos.
Una amaba el teatro.
Dos abandonaron la carrera de letras.
Tres practicaban gimnasia deportiva.
Tres dominaban la técnica de la acuarela.
Dos usaban lentes para ver de lejos.
Tenían diez hermanos entre todas.
Pertenecían a tres países diferentes,
y vivían en la misma casa.
Cuatro, en total eran cuatro.

En moto con mi amor

Iba un día en el camino
en la moto con mi amor
al dar la curva cerrada
por descuido se cayó.

Recién al llegar al pueblo
sentí que no me abrazaba.
Fui por ella a la curva
mas de mí ya se olvidaba.

Casi en brazos de otro amor
la vi y supe reaccionar:
"Déjame intentar la curva
dame otra oportunidad".

Ana se subió a mi moto
con entrega natural;
pero nunca di la vuelta
la llevé a otro lugar.

Ahora soy gentil con ella,
bajo la velocidad,
si se cae y no la siento
freno y la voy a buscar.

ALIVIO DEL ÉXITO

Quisiera ser lento
la persona más lenta del mundo.
Que los demás caminen y yo gatee,
balbucear cuando otros conversan.
Que aprendan a escribir y yo
redondeles, garabatos.
Que me ensucie con chocolate
y deban avisarme,
lento en darme cuenta,
en avivarme.

Ser el último que entiende
el último que llega
el último en recibir un premio
en terminar el plato,
en acostarme.

Que los demás cumplan años
yo semanas.
Que no me miren
que nadie espere nada
ni se detengan alentando una esperanza.

Que no me afecten las propagandas
su anzuelo para todos y pescado para pocos.

McDonald's, Sony o Calvin Klein
no gasten un centavo en convencerme.

Los años lentos como siglos
lejos de las modas, siempre *out*,
un alivio.

Algún trabajo habrá para un lento
alguna mujer
nos tomaremos tiempo
lo iremos viendo.
Seremos felices, de a poco,
tendremos hijos pero no luego luego.
Diremos:
lo más importante es que sean sanos.
El otro responderá más tarde:
sí.

SOY INVISIBLE

Mi papá no me mira,
mi mamá no me mira,
soy invisible.

En la escuela no me miran,
mis amigos no me miran,
soy invisible.

Traigo algo
ahí lo dejan,
no lo abren ni festejan.
Como un brindis sin burbujas
yo no muevo las agujas.

Qué le pasa a esta gente
que me trata indiferente
como invisible.

No me explico a qué se debe
que ni el aire se conmueve,
tan impasible.

Yo me estiro
y me tuerzo,
hago todos los esfuerzos,
por hallar algo que encante
y volverme interesante.

Tal vez llegue en un cometa
la persona bien concreta
para quién brille.

Deberé tener confianza
todo en la vida se alcanza,
no es imposible.

Yo aquí estoy bien disponible
a la vista, accesible,
porque soy querible.

Capitán montaña

Era un barco colorado
que andaba enamorado.
Quería besar a su amada,
pero comió una empanada.
Mini-barco enamorado
maxi-amor de colorado.

Capitán, una montaña
con cara de pocas mañas,
pesada, casi lo hundía
al flotar por la bahía.
Aquella pesada maña,
capitán de la montaña.

Vino un hongo relojero
navegó de pasajero,
pedía viajar sentado
en la montaña plantado.
Aquel hongo minutero,
aprendiz de relojero.

Su novia era una barcaza
toda rosa como taza
saludaba con esmero
al rojo barco bombero.
Ese hongo se hizo pino
y la montaña, pepino.

Todo esto es verdadero.
Casado el barco bombero
con su novia la barcaza
volvimos todos a casa.
Calabazas, zanahorias,
aquí termina la historia.

TORMENTA

El cielo se oscurece
nubes cargadas
viento que levanta tierra
truenos.
Caen palomas
grandes
gorriones
pesados.
Luego otro trueno
caen cuervos
ruiseñores
guacamayas, cigüeñas
golondrinas.
Chocan contra el suelo y se convierten
en peces
lagartijas.
No hay un solo cocodrilo igual a otro
pero qué bellos
qué cristalinos.

CORRAN A ABRAZAR

Los niños que hayan perdido a su papá
levanten la mano.
Gracias, bájenla.

Los niños que hayan perdido a su mamá
pónganse de pie.
Gracias, tomen asiento.

Los que hayan perdido al hermano o a una hermana,
abuelos, un tío querido, una tía que los crió
levanten la mano,
gracias.

Los que no levantaron la mano tienen la tarde libre,
salgan de la escuela
y corran a sus casas
para abrazar hasta saciarse.
Nos vemos mañana.
Los demás también.
Yo también.

Entre copa y copa

—Mire lo que son las cosas, don Carlos, que cuando era bien pequeño yo, era muy pequeño…

—Ajá *(con desconfianza)*.

—… no "pequeño", bien bien pequeño, ¿me entiende?

—Ajá.

—Con decirle que una vez mamá entró al cuarto y se asustó, "¡Gervasio, perdimos al Santiago!", le dijo a mi padre; ¡pero yo estaba parado en la cama! ¡Frente a ella!

—Y no lo vio.

—Por mi misma diminutez, de no creer, mire.

—Yo sí le creo…

—Ajá…

—Fácil, fácil le creo.

—Aaajá *(a la defensiva)*.

—Porque yo sí supe ser pequeño a esa edad.

—¿Usted también?

—Más. Con decirle que se fueron del hospital creyendo que ni había nacido.

—No puede ser.

—Ahí está, la partera buscaba y buscaba, "Aquí no hay nadie", le decía a mi mamá. "Fíjese bien –decía mi papá– porque cuando vinimos ella estaba embarazada". "Será, pero se habrá evaporado porque aquí no hay gente". "Un niño tiene que haber", aclaró papá. "Le digo que no", respondió ella. "¡Busque bien!", le ordenó mi abuelo, que era de mucho carácter.

—Ah, mire, ¿su abuelo también estaba?

—¿Y por qué no? En esa época no es como hoy, uno pedía entrar y lo dejaban...

—Eso lo sé porque cuando yo nací mucha gente pidió ver el acontecimiento... turistas del extranjero, incluso.

—No le creo.

—No me crea, pero ¿cómo imagina que pagaron el hospital? Cobrando la entrada lo pagaron. Si no fuera por el turismo, el día de hoy estaría en el vientre de mi santa madre, y hasta me parece oír al bribón del cirujano: "Si no paga, no lo dejamos salir".

—Será, pero malo, malo, ese abuelo mío que le digo...

—Ajá...

—... que se le fue encima a la partera pensando que ella me había robado. ¡Harto revisarle los bolsillos! Mal carácter, desconfiado. Y se fueron pensando que me había desaparecido pero yo iba atrás grite y grite: ¡Ya nací! ¡Oigan! ¡Ya nací, caray!

—Ah, sí, y me va a salir con que nació hablando, con tres años nació usted...

—¡Nací con cero, como todos! Pero la naturaleza compensa, ¿o no sabía, usted? Lo que me rateó de tamaño me compensó en habla.

—No digo que no, no digo que no... *(con cara de decir que no)*; pero para adelantado yo, me peleé con el cirujano...

—Ah, fíjese *(frustrado por la interrupción)*.

—… y le hice pasar harta vergüenza ante los invitados, los turistas, en la sala de partos… ¡Le empecé a decir que si no le daba vergüenza haber hecho el juramento hipocrático para esto!

—Claro, los escuincles…

—¡Qué "los escuincles"! ¡Qué "los escuincles"! Le hablé como un juez de la corte suprema, por lo menos. Dejé llorando a los turistas, y el cirujano abandonó la profesión, con eso le digo todo.

—Le creo porque lo mismo me pasó con mi abuelo. "¡No puede ser así de peleonero!", le dije…

—¿No que ni lo veían?

—Pero ante la indignidad de que fuera tan bruto me supe hacer ver. Y le empecé a decir una verdad atrás de la otra, cosas que ya venía observando durante el mismo embarazo y que no me estaba gustando del hombre, y apenas salí, aproveché y se las solté de un jalón.

—Ah, pero no dejó de ser su abuelo, como hice yo con el cirujano.

—¡Se perdió cinco años y volvió hecho primo hermano!

—¡No puede ser!

—Y completamente cambiado, buena persona, manso… pedía permiso hasta para levantar la mano. Ahora en un rato viene, quédese y va a ver.

—No puedo, porque quedé de pasar a dejarle un dinero.

—¿A quién?

—¡Al que era cirujano! No lo voy a dejar en la miseria, ¿no?

DEL UNO AL QUINCE…

Uno, dos, tres, cinco, cuatro, seis, siete, ocho, nueve, once, doce, trece, catorce y quince.

JUANITA

Juanita, debo hacerte una confesión
no es fácil, no te creas.
No soy Supermán, no soy el Hombre Araña,
ni siquiera un Power Ranger
tampoco tengo capa de verdad.

Por eso, si me vas a pedir una prueba de amor
no te pases
porque a lo mejor te quedas sin novio.

A ver si me entiendes
nada de saltar de este techo al otro
nada de andar en bicicleta sin las manos.

Hacer equilibrio encima de un cable
que esté muy alto, ni se te ocurra.

Andar a caballo con los ojos cerrados.
Mirar de frente al más malo de la escuela
y preguntarle
Oye, ¿qué te traes?

La capa tenían que traerla los Reyes Magos
pero, ve tú a saber qué pasó,
no llegaron.

Juanita, debo hacerte una confesión
no soy Supermán, no soy el Hombre Araña
ni siquiera un Power Ranger.
Quiéreme así.

Como el ciclo de la lluvia

Casi todos los días nace un niño
o muere un viejo adentro de nosotros.
No pasan dos o tres días sin que despidamos
a un viejo
y recibamos a un niño.
Si en medio del breve duelo de una tarde
oímos un llanto de bebé en nosotros
no demoremos en alzarlo en brazos.
No hay buena educación que valga
ni tino
la vida llama.

Hasta el viejo
en su amorosa mortandad
puede que sonría en su lecho
y baile su alma en las alturas
de la Luna que lo remonta.

Como el ciclo de la lluvia
luz que baja
luz que sube.
Podemos enseñarlo en las escuelas.

Big crash

Recuerdo las naves del futuro
las computadoras sin teclado ni pantalla
sólo un chip en el cerebro.
Recuerdo las placas fotoeléctricas en Marte
Júpiter lleno de grafitis y basura de fiestas de estudiantes.
Recuerdo haber viajado a la velocidad de la luz,
estar en dos y tres lugares al mismo tiempo.

Amontonarnos en la ventanilla a ver el estallido del Sol
y saber lo que habíamos dejado.
Las paredes de casa pintadas
con nuestros dibujos de cuando éramos niños
y papá nos dejaba escribir en el tapiz.
Veo esas fotos flotando.
Recuerdo.

ATRÁS DEL SILENCIO

Cuando en casa
hay silencio
lo que se oye
oigo atento.
Son sonidos
escondidos
tras el ruido.
Cuando los
ruidos se van
oigo lo que hay
detrás.

Era blanca como la nieve

Era blanca como la nieve, libre como el aire,
cálida como un hogar, serena como un muelle,
lenta como un anciano.

Pero algo pasó, doctor,
ella no nos quiere decir, o no puede
y ahora es blanca como un hogar, lenta como el aire,
libre como un muelle
y cálida como la nieve.

A ella se le ve bien, de buen humor…
pero su padre y nosotros estamos muy preocupados.

OBVIO

Es completamente imposible
que un pez escape corriendo
porque son tan bobos y mansos
que no se les cruza por su hueca cabeza
huir buscando el mar.
Si un pez intentara fugarse
conviene cerrar las cuatro puertas
y, en posición de portero,
pararlo si dispara un balonazo.

Si empatamos:
no puede salir, hay que definirlo en otro partido.

Si gana él:
sí.

Si gano yo...

a mí me gustaría dedicar ese triunfo a mi familia
que creyó en mí en todo momento,
incluso cuando era evidente que les mentía.

Entonces sospeché que no era su apoyo incondicional,
sino que no prestaban atención.

ÉXITO PARA BAILAR

Antes de conocerte yo no era nadie
después de conocerte dejé de serlo.
Si no tengo tu amor yo no tengo nada
por conseguir tu amor lo entrego todo.

Sin tu amor no encuentro alivio
con tu amor no conozco el dolor.
Amor analgésico
que me deja amnésico
me vuelvo un parásito
de tus besos mágicos.

Te amo como a nada nunca tanto amé
y siempre mi amor como nada te entregué
nunca antes nada amó todo mi amor
ni tanto amé ni amaré como nunca, amor.

Qué felicidad si mi amor te ama
qué facilidad si tu amor me ama.
Amor barbitúrico
que me deja rústico.
Ya no seré abúlico
con tus besos únicos.

(Coro final)
Tú eres la isla del tesoro
yo soy el capitán y el loro.

TODOS HABLAN SOBRE MÍ

Todos hablan sobre mí, y el aleteo de palabras
hace un sombrero en mi cabeza.
Tuve un par de errores que llamaron la atención,
como si nadie tuviera su mala racha.

Se supone que encuentre mi camino
pero tantos dedos señalan
que me confundo.
Aturdido de consejos en los hombros,
me vuelvo más pesado.

No sé qué es mejor para mí,
eso se ve a lo lejos;
sonrío y les digo que es lo que
los chinos llaman "oportunidad";
pero no están para mis chistes.

No pienso comprar
el mapa en una gasolinería.
Necesito un cambio tan grande
como tumbar la camioneta o saltar del tren.
Estoy listo para perder mi avión.
Pediré aventón, alguien se detendrá y, quizás,
vaya en la dirección correcta.
A veces el azar ayuda más que los planes.

Pos… por lo mismo

¿Por qué tiene tanta agua el mar?
Para que quepan todos esos peces y las gallinas.
¿Gallinas?, no hay gallinas en el mar.
Por eso,
porque no caben.

Ojos que me ven (1)

A veces mi cuerpo no me gusta, y no me gusto.
En algunas fotos, y más: en filmaciones.
Despierto sacudido: me veo con los ojos de quienes
me dejarían pasar sin elegirme.
Mi cuerpo es un error, se equivocó,
por su culpa no van a quererme.
Estoy atado, obligado, tallado en mi cuerpo.
Mi enojo puede dar golpes a cojines, patear puertas
o callar furioso; cuando me canso
sigo atado, unido, tallado en mi cuerpo.
Voy a pintarme, a raparme, a cubrirme, a poner otras fotos,
voy a tatuarme, a poner otro nombre en mi perfil
porque ahí sí soy yo.
Ahí me reconozco, ahí me parezco, ése sí que soy.
Más que el del espejo.

Paciencia, paciencia,
hay paciencia en los ojos del burro mudo de mi cuerpo.
Él quisiera que lo quiera
que no mire deseando tener otro cuerpo,
recibe mis emociones como golpes de vara.
Los dos encerrados entre las cuatro paredes de quien
soy, mintiendo.

Lo llevo, lo llevo aquí y allá. A casa de un amigo,
a correr, a la mesa,
a casa, a comer un sándwich,
a la cama… lo llevo, como lleva el carrero al caballo
que lo tira.
Me olvido o sueño y creo que soy otro, hasta que una foto
o una filmación me despiertan, y evito algunos ojos,
como evito a veces los míos,
que ya podrían mirar
con más bondad.

Ojos que me ven (2)

Un atento pedido a la ciencia o a la magia: quisiera tener
los ojos de Santa Claus,
los de mi madre,
o los del Buda,
los del más bueno de los curas
o de la más amorosa enfermera,
los de quien más me quiere.
Quisiera ponerme sus ojos
y verme con su mirada.
Sentir qué se siente al verme
aceptado.
Salir a la calle sabiendo que así me veo.
Entrenar y entrenar con su mirada
aprender, hacerla mía.

Va a estar padrísimo, va a estar padrísimo.
Nadie se dará cuenta.
Va a estar padrísimo.
Me imagino por la calle,
en reuniones, y nadie, nadie, nadie notará la diferencia:
pero yo estaré mirando todo
con los ojos de quienes más me quieren.

Ya que estamos

No tenía pensado escribirte
pero es Navidad.
No tenía pensado salir
pero hay casamiento.
No tenía pensado viajar
pero son vacaciones.
No tenía pensado comer
pero ya estás sirviendo.

No tenía pensado mirar
pero fue señalado.
No tenía pensado avanzar
pero están empujando.
No tenía pensado emigrar
pero vino la crisis.
No tenía pensado volver
pero oí tu llamado.

No tenía pensado besar
pero acercaste tu boca.
No tenía pensado brindar
pero alzaste la copa.
No tenía pensado volar
pero me diste alas.
No tenía pensado concluir
pero oí los aplausos.

En los bancos estamos para servirle

No todo lo que es justo se hizo ley.
Ni todo lo que es ley hace justicia.
Que el gobierno salve bancos y no gente
es cosa de impotencia o de malicia.

Juani,
hay que hablar con transparencia
porque quiero cuidar
tu inteligencia.

Te venden una casa y te la quitan
te prestan sin que puedas reembolsar.
Y, si el banco no devuelve tus ahorros,
llaman "crisis" a esa estafa colosal.

Juani,
aunque no sea divertido,
te lo cuento
por el bien de tus sentidos.

Devuelvan hasta el último centavo
o impriman más billetes, qué más da.
Que el rescate sea premio al directorio
es un chiste que merece un tribunal.

Juanito,
la verdad nos apresura.
te lo cuento
por criarte en la cordura.

CANCIÓN A DOS VOCES
(PADRE E HIJO)

—Barco se escribe con be grande.
—Tiempo se escribe con reloj.

—Árbol se escribe sin hache.
—Ventanal se escribe con jardín.

—Mirra se escribe con dos erres.
—Beso se escribe con placer.

—Lejos se escribe con jota.
—Puente se escribe con orillas.

—Música se escribe con acento.
—Y sorpresa con misterio,
misterio dónde vengo,
origen con lugar,
pasear con geografía,
mirada con risa…

—¡Momento, por favor! ¿Me dejas descansar?
—Que se escribe con silla.

La imaginación es un don

La imaginación es un don
y el pensamiento es una doña.
La sensibilidad es una cualidad
y la templanza, una cantidad.
La paciencia es un atributo
y los adolescentes, una tribu.
La constancia es una fortaleza
y una prima del campo,
Constancia, le decimos;
pero es muy dispersa.

Anita, mi amor (1)

Recibí tu declaración de amor con fecha del viernes 23

Estimado Alberto: recibí tu declaración de amor con fecha del viernes 23, misma que paso a responder.

Primero que me pareció medio larga. Ni sabías en qué andaba, entonces te lanzaste más por entusiasmo tuyo que por otra razón.

En la parte que pones "que me amas desde el primer día en que me viste", ¿estás de acuerdo?, para empezar no indicas qué día fue, no puedo saber si también te vi o me llevas ventaja. Sí recuerdo cuando nos presentaron, y ahora entiendo la sonrisa que traías, porque ya venías emocionado, por así decirlo.

Cuando afirmas que "he nacido para hacerte feliz".

No puede ser cierto, ahora no sé cuántos años tienes, pero desde que naciste hasta ahora, ni un poco mejoraste mi vida. O llevas un atraso que ni te cuento o es una de esas frases que se dicen por decir.

¿Que pasas noches sin dormir? No sé si estás tomando algo, ¿qué quieres que haga? Podría cantarte una canción tranquila, pero no soy de cantar en público, no sé, me da vergüenza. Prueba ir al doctor.

Después dices que las estrellas te dicen mi nombre. ¡Estaría todo el mundo llamándome por teléfono si fuera cierto! Camionetas de televisión a la puerta de mi casa, la NASA. "¡Ani, las estrellas le dicen tu nombre a un chavo!". Para nada.

Que pasas las horas lánguidamente. ¿Has buscado qué quiere decir esa palabra? Para mí que quisiste decir otra cosa.

Por último me pides que te dé una respuesta y que la vas a esperar con ansiedad. Calmadito, por favor, porque lo que menos quiero es andar con gente nerviosita.

Te voy a ser sincera, me llegaron tres o cuatro cartas de amor más, ¡todas súper disparatadas y bobas! Así que la tuya, hasta eso, fue la mejorcita.

De modo que acepto tu propuesta, ven con flores mañana a partir de las cinco y seremos felices para siempre, mi amor.

Tuya de todo corazón

Anita

Anita, mi amor (2)

Nuestra primera salida

Estimado Alberto: regresando de nuestra primera cena paso a resumirla a fin de objetivar la construcción del vínculo:

-Yo no hubiera elegido ese restaurante (pero, obvio, tiene que ser el pretendiente el que invita).

- La mesa estaba tan pegada al baño que nos daban propina cuando salían. Por eso no me quitaba el pañuelo de la nariz (tú decías que no se sentía, pero es la impresión, Alberto, ¿cómo no exigiste otra mesa?, por más lleno que estuviera el lugar).

- ¿Comida oriental? Tendrías que haber buscado algo más internacional, que seguro no le fallas.

- Los menús en que no se entiende el nombre de los platos me chocan. La explicación en inglés, ¿en qué país estamos? Había que preguntarle al mesero que además ponía caras porque algo ya lo había explicado, ¡si eran imposibles de retener! Uno me lo dijo cuatro veces, porque una vez era carne de entrada, otra vez acompañaba una pasta, otra vez era plato central y otra vez un nombre de fantasía en un postre. ¿Le cansa?, pongan fotos, como le dije (tú en ese momento habías salido, ¿a qué saliste?).

-¡Cuánto se tardaron con la orden! ¿En el Lejano Oriente tenían el refrigerador? Yo ya me había llenado con las canastitas de pan, ya no tenía hambre; pero traen la comida... no la vas a desperdiciar (por más que lo único que sueñes es volver y tirarte en tu cama). "Cocinamos fresco, señora", me dijo el maleducado; "crudo", le contesté cuando probé.

- Las con forma de albondiguitas de la entrada era como masticar arena, con una mano me servía y con la oreja quería tomar agua, por lo menos. No había manera de tragarlas. No podía parar de toser.

- La carne que venía envuelta con una parra, ¿¡De dónde van a sacar si aquí no hay?! Sería una hoja de lechuga hervida, ahí te creo. Si le ponías limón era muy rico, te lo reconozco.

- Las ensaladas... yo le desconfío si no la lavé yo, mamá o la tía Beba.

- Al show lo noté subidito de tono para un lugar al que van familias.

- El postre, cuando se acordaron, podría haber sido el desayuno.

Cuando me dejaste en casa lo primero que hice fue googlearlo. ¡Es famosísimo! Llamé a tía Beba y le conté. ¿Sabías o fue de casualidad? Lo recomiendan entre los mejores, para que sepas. ¡Lo que te habrá costado! No serás medio gastalón, ¿no? Igual eres un amor porque por más que por dentro te habrás querido morir al ver la cuenta, lo hiciste para lucirte y eso es amor.

Termino aquí porque ya fui tres veces al baño, se ve que algo o me cayó mal o no estaba bien la comida.
Tuya de todo corazón.

Anita, mi amor

PD: Ah, se te olvidaron las flores.

Rewind

Tengo un control remoto
si pudiera pondría retroceso
repetiría tantos,
tantos de tus besos.
Después
apretaría el botón
de mi control
remoto.

Si pudiera apretaría avance
hasta verte cuando seas grande,
conversar.
Después
apretaría el botón
para volver
y volver
a volverte a ver.

Ojos mágicos

Ernesto me contó que su hijo dibujaba unos dragones
espectaculares, llenos de colores y formas extrañísimas.
Luego agregó que por la escuela, dejó de hacerlos.

¿A dónde fueron tus dragones?
¿A dónde fueron tus intensos soles?
Dibujabas con colores
cielos diferentes,
cielos arbitrarios,
necesarios.

¿Dónde estaban, dónde
era que los encontrabas?
¿Dónde los veías con los ojos
de tu alegría?

Se escondieron en tu escuela
o en rutinas de oficinas
de llegar y que durmieras
o salir cuando abrías
ojos que los descubrían.

La verdad no los alcanza.
Volverán hechos poesía,
un amor, o la aventura
de tu vida.

Unidos contra Drácula

Contado por Miguel,
en casa.

A los diez años le tenía miedo a Drácula,
y a un montón de cosas más,
pero mucho: a Drácula.
De noche, en la oscuridad y el silencio del cuarto,
no pegaba un ojo
si no pasaba a mi hermanito
de cinco años a mi cama.
Así dormía plácidamente.
Él jamás hubiera podido defenderme
de Drácula; pero
era el miedo a que venga el miedo.
Y contra el miedo
que desata el miedo que el miedo me da,
lo mejor es no estar solo.
Entonces y siempre,
entonces y siempre.
Entonces
y siempre.

No es culpa mía

El profesor de deportes
muy serio me advirtió
que no corra tan veloz
pues mi sombra se quejó.

No es mi culpa, entrenador,
si mi sombra es más lenta.
Seré olímpico y mundial
con mi sombra o sin ella.

Que entrene, que se apure,
que se agarre con más fuerza;
o que busque uno que vaya
despacito, con pereza.

Podemos probar de noche
y con la luz apagada
yo corro a lo más que doy,
que me espere en la llegada.

LOS MÁS PRECIADOS

Los poemas pueden esperarnos
en nuestro corazón.
Están en una cantera,
un almacén de campo
que tenemos.
Algunos son evidentes,
otros se cultivan
pacientemente,
o son un mineral
y hay que arrancarlos de la veta.

Pero algunos son un café con leche
y los bebemos sin darnos cuenta,
los más preciados para mí en estos meses.
Tan llenos
de una luz demasiado simple
para un cazador de sorpresas como yo.

EL ASTRO GÜEY

"Güey" quiere decir "tonto".
En México puede usarse en la confianza de una charla
con amigos (¿Qué onda, güey?) hasta de modo ofensivo.
Escrito la noche anterior a mi cumpleaños.

Cuando decimos la vida es así,
somos japoneses que se sacan una foto,
porque el universo no se
cocina para nosotros.

¿Sabías, sin ir más lejos,
que los continentes se mueven?,
que el universo se expande,
que hay que ponerse protector solar, lavarse los dientes.
Porque todo,
completa y absolutamente todo
no para de seguir.

De momento supongamos que el universo se expande
y que en los miles de millones de años que durará el Sol
antes de decir hasta aquí llegué
y echarse al planeta en su suicidio
y a Júpiter que no hizo nada
el astro güey, una lástima, explotando majestuoso
pero insignificante, porque el resto del universo
ni enterado, siga la fiesta…

Supongamos, decía, que el universo se expande y,
metro más, metro menos: explota…
pero en el medio, y en el de mientras: te conocí,
bailamos, nos dimos besos, tuvimos un hijo,
¿ves?, ya la hicimos, ya la libré,
quién nos quita lo bailado.

Mi lista de contactos

Estás
en mi lista de contactos
mi osito de felpa hecho de bits.
Me abrazo a ti, mi angelito de la guarda.
Mi lista de contactos no me abandonará
ni de noche ni de día
siempre está.
No hay oscuridad que mi lista de contactos
no sepa iluminar
ni soledad
en la que tu mano no pueda tomar.

No son uno, no son diez, son como cien
o trescientos ni sé.
En la bodega de mi corazón
en el trueque de reservas del amor
nunca solo estoy.

Con mi lista de contactos
mi lista listo lista
lista de contactos
voy.

Estás
en mi lista de contactos
mi lista de contactos,
osito de felpa hecho de bits,
me abrazo a ti
mi angelito de la guarda eres.

Dulce hogar

Hogar, mi dulce hogar,
mi consabido, mi repetido,
mi bienvenido, mi maternal,
mi imposible
suelo natal.

Olores de la cocina,
sus voces al despertar,
la vereda de ladrillo,
bolsas de trigo y vapores.
Tus manos, mamá.

El añorado desorden, el orden pendiente,
siempre pendiente.
Un día
ordenaremos esto,
un día vamos a ordenar, y así para siempre.
Hasta que un día heredamos
que un día
vamos a ordenar.

Mi dulce hogar, mi esquivo,
mi postergado,
mi todo y todo y mi nada más.
Te lleno de besos mi por lo pronto,
mi provisorio,
mi baldío extravagante,
mi porción salvaje,
mi alimento
constante.

Toy Tito, teno tes años

Para ser leído en voz alta.

—Do me tamo Tito y quedo deciles algo men sedio, ¿ti?

—Ti.

—No te dían.

—No.

—Poque antes eda tititito, tititito… ¡atí! Ahoda toy gande, ¡teno tes años!

—Do tamén.

—¡Atí! No… uno meno, poque puse toda da mano… ¡atí! ¡Tes!

—Mida ata dónde dego cola mano.

—Oigan, ticos, no aben. Mone buta que guiten.

—Meno, y nompujen.

—Y nompujen, ticos, poque mone buta.

—¡Y no te dían! ¡Y nompujen!

—Mamo al padque, ahí tan lo tomogaaane…

—… el tubibaja,

—… el padamaaaano…

—… y el túuuunel.

—¿El qué?

—Túnel, el tún-nel.

—No, notá.

—Ti tá.

—¡MONEBUTA EL TÚNEL!

—Meno, túnel no.

—No, túnel no.
—Malo túnel.
—¡Ti! ¡Malo!
—¿Mamo ayá?
—¿¡…?! ¿¡None!? ¿¡Al túnel!?
—Noooooooo, al padamano.
—Ti, el padamano mebuta.
—¿Te guta totolate?
—Name.
—No teno.
—Quedo id comi mamá.
—¿Comel totolate?
—… Mamá.
—¿Mone vas, Tito?
—Quedo id.
—¿Totolate?
—Monebuta el túnel.
—Malo túnel.
—¡MONE BUTA NO TE DÍAS MONE BUTA!
—¡TOY GANDE!
—¡TENO TES AÑOS!
—¡DO TAMEN!
—¡Vivaaaaaaa!
—¡Vivaaaaaaa!

Los dos juntos abrazados y saltando:
—¡Gande! ¡Gande! ¡Gande! ¡Gande!

Astronauta llena formulario

Enumere inconvenientes para formar parte de la misión:

¡Oh, estoy frito!
Le tengo miedo al espacio,
miedo a los cohetes y naves.
Les tengo miedo
a los compartimientos reducidos.
Le tengo miedo
al estruendo de las turbinas.

Señale por qué quiere ser astronauta:

Soy buenísimo haciendo cálculos.
Amo las estrellas y el silencio.
Me gustaría flotar sin gravedad,
y ver la Tierra desde lejos.

Respuesta:

Bueno, venga.

MISTERIO

Antes no había comida, ahora hay
antes no había luces
no había perros, nadie pasaba
no había sonidos, nadie miraba.
Ni una palabra, ni una cara,
nada de nada. Ahora hay.

Antes no había silencio, ahora hay
ni siquiera vacío, no había tic tac
no había molinos, ni geometría
no había amigos, ni geografía.
No había viento, ni movimiento
ni chocolate. Ahora hay.

Antes no había padres, no había tele.
Nadie nacía, nadie partía
no había antes, no había instantes
no había pasado, ¿y qué habrá pasado
que antes no había y ahora hay?

ERA UNA TARDE COMO
PARA UN TYLENOL

Era una tarde como para un tylenol,
un rivotril, un paracetamol,
un valium, un tafirol, una aspirina,
un té de naranja, una patada a una puerta
y llenarse el bolsillo de piedras.
Cuando estaba por estallar
se me ocurre, me salvo y digo:
Mejor hágase un valle.
¿Y si mejor se hace un valle?
Y digo así: hágase un valle.

Se abrió la vereda, se vio la tierra,
se hizo cerro
y gente lejos,
gente cerca,
que bajaba ramas, ovejas
o subían con azúcar,
velas.

Un aire fresco,
silencio hasta que el cerro se tragó al sol,
luego un perro a la distancia,
y luces de un caserío.
Yo miraba todo
con las manos cruzadas,
respirando.

ÁBRETE, SÉSAMO

Ábrete, Sésamo
del corazón,
cueva de Alí Babá.
Gruta que esconde
un tesoro,
traigo la llave
del cofre.

Ábrete, Sésamo
del corazón,
cueva de Alí Babá.
Gruta que esconde
un secreto,
traigo la fórmula
mágica.

Ábrete, Sésamo
del corazón,
cueva de Alí Babá.
Gruta que esconde
recuerdos.

Cueva que guarda
tantos intentos,
traigo un aljibe
de tiempo.

IGUAL QUE EN LAS ESCALERAS MECÁNICAS

Cuando Dios creó al universo
él era mucho más grande
que todo lo creado.
Aunque había tantos mundos
y cada uno estaba lleno de seres y paisaje,
su universo no era ni un grano de arena,
ni la punta de esta uña.

Pero no todo ocurrió por su voluntad.
Creó cosas frías y calientes y,
sin proponérselo, generó vientos,
corrientes oceánicas.
Los peces viajaban, los barcos,
las personas se cubrían los ojos por la arena.

Creó lo que tenía luz y lo que no la tenía,
pero sonrió sorprendido cuando vio
que la luz iba hacia la oscuridad
como un río va a llenar un pozo.
Y que algunos buscaban la luz
para ver lo que hacían
y otros la oscuridad para ver sus sueños,
desobedientes en su obediencia.

Nos puso un corazón para llevar
algo así como el vino o el fuego que tenemos,
y el aire.
Los corazones mismos son inquietos
y su movimiento se llama amor.
A veces dura y a veces no dura.
Si ambos viajan, permanecen juntos,
si uno provoca que el otro se detenga, deben separarse
pues todo en el mundo se mueve.

Dios es mucho más grande
no distingue esos detalles
ni da todas las respuestas,
o todavía observará con asombro
a su juguete.
A eso lo llamamos misterio.

Miguel se pregunta: ¿qué debo hacer
para que el corazón de Julia se quede?
Augusto se pregunta cómo acercar
el corazón de Frida,
que es la misma pregunta de Anabella por Adrián.
Laura siente cómo se aleja de Daniel.

Todo cambia
como cuando repetimos una palabra
cien veces y se nos deshace en la boca.

Los corazones son viajeros
y hasta quienes decidieron permanecer
caminan.
Igual que un niño
jugando
en una escalera mecánica.

ESTRATEGIA

Qué gran vergüenza siento,
tenerte cerca.
Yo prefiero esconderme
que no me veas.

Buscaré en el puerto,
un submarino,
habrá uno que sea
hierro podrido.

Desarmo el periscopio,
todavía sirve,
y con eso te espío
sin que me mires.

Después vuelvo al puerto
tomo una lancha
me subo y me alejo
de tu mirada.

Saco un catalejo
que ya llevaba
y desde ahí te miro
en la distancia.

Después lanzo una nave,
con perspectiva
de que por ver la Luna
mires arriba.

Si me acostumbro
a tu mirada
me acercaré de a poco
cada semana.

Hasta que consiga
verte a la cara
mientras me estés mirando,
no pasa nada.

¿CUÁNTOS DÍAS HAY EN LA SEMANA?

¿Cuántos días hay en la semana?
Lunes, martes y marrón
jueves y violetas;
siguen después
queso, pan,
y las ruedas del tren.

Creo que en total son veintiocho
sin contar los dedos de los pies.

¿Cuántos días hay en la semana?
Ruta, sábado y balcón
lápiz y viernes;
siguen después
queso, pan,
y las ruedas del tren.

Creo que en total son veintiocho
sin contar los dedos de los pies.

En la mañana hacía frío,
por la noche sueño me dio,
sentía hambre en las tardes
hasta que volvió mi amor.

¿Cuántos días hay en la semana?
Mesa, miércoles, y azul,
domingo y nube;
siguen después
queso, pan,
y las ruedas del tren.

Canción del bebé que le cuenta a la mamá

Al principio del embarazo cada ecografía era muy esperada: veíamos al bebé. Sergio nos explicó que oyen con ecos, como cuando metemos la cabeza en agua. Por esos días Tito dijo que, más adelante, el bebé se comunicaría con la mamá. Cuando el embarazo avanzó, mi mujer lo sentía a cada momento, pero yo sólo cuando veía sus movimientos. Una noche ella estaba acostada y vimos las ondulaciones que producía alguno de sus desplazamientos. Tomé la guitarra y comencé a improvisar.

El mundo es como un eco
en la panza de mamá.
Burbujas traen reflejos
de la voz de mi papá.

Soy un pez vivo en tus aguas,
soy un pato en el cielo,
un elefante en la sabana,
un león.
Soy la copia de su cara,
la huella de tus pies,
soy la mezcla de abuelos
que me ven.

Los ruidos flotan lejos,
y rebotan en coral.
Duendes y princesas
todo se oye en claridad.

Soy un barco que sueña,
un poco de tu leña,
un cuento que aprendiste
en tu niñez.
Soy un pez, un pato,
soy un poco un garabato,
un abrazo de tu imaginación.

Tengo dedos, tengo cara,
tengo plumas y escamas.
Veo luces y ventanas,
un desierto y caravanas.

Tengo tiempo, un rato,
tengo humo en el zapato,
tengo que estirarme
un poco y dormir.
Soy dibujo en tu hoja canson,
soy futuro en vaso puro,
sin un nombre
y voy a ser un hombre.

Me estoy preparando para jugar
me estoy preparando para salir
me estoy preparando para correr
por ahí.

Siempre en mí

Mi papá enciende el calefactor y lo mete al comedor,
cuando vamos por el postre,
lo pasa al cuarto de ellos,
cuando tomamos un té
a mi cuarto.
Antes de acostarnos
lo saca al patio para apagarlo
por el olor a queroseno.
Llevamos a Colita al cuarto de lavado
para que no le ladre
a cualquier sombra del patio.
Nos acostamos.

Mi mamá ya había puesto
la bolsa de agua caliente,
en sábanas deliciosamente tibias
me da placer meterme.
Luego me tapo hasta las orejas
porque dentro de poco el calorcito del cuarto
saldrá a buscar el calefactor en el patio.

Mamá se lleva la bolsa de agua caliente a la cama de ellos.
Su luz es la última en apagarse.
Cuando todo queda a oscuras
yo saludo: "Hasta mañana",

ellos tienen que responder lo mismo,
entonces apenas me duermo.

Esta escena me acompañará siempre
que tenga o busque abrigo y tranquilidad.
Colita está en el cuarto de lavado, esperando que le dé sueño,
que falte poco para que sea de mañana
y vayamos a abrirle.
Mis padres duermen al lado.

Pastel que dura

Pastel que se come
y vuelve a crecer,
le das un mordisco
y lo has de esconder.

En sólo un rato,
no sé cómo es eso,
no falta el pedazo:
¡está bien entero!

Si un papelito
arriba escribes,
el pastel se hace
de lo que pides.

Hoy: chocolate,
mañana de nuez,
el jueves: de higo,
el viernes: de miel.

No es de inmediato,
no es con apuro,
crece en un rato
o cambia: seguro.

A tiempo

Esta noche no dejan de oírse las sirenas,
mejor no abrir la boca.
Tantos reproches traigo,
tanta ira.

Mejor me mantengo aparte,
tan poco seguro estoy de a quiénes obedecerían
o si saltarían como perros
mis palabras.

Mirá la pregunta que te hacés, Catalina

*Catalina a los tres años decía en el jardín
las fases de la Luna. Porque una vez no la vio y se soltó a
llorar, hasta que le explicaron que era Luna Nueva.*

No todo lo que se va
no está.
Ni todo lo que no ves
no es.

No siempre que algo se aleja
nos deja.
Ni cuando se nos devuelve
nos vuelve.

Mirá la pregunta que te hacés, Catalina
por la Luna Nueva.

No todo lo que perdés
fue ayer.
Ni todo lo que se gana
es mañana.

No todo lo que soñás
buscás.
Ni todo lo que soltás
dejás.

Mirá la pregunta que te hacés, Catalina
por la Luna Nueva.

No siempre lo más seguro
es duro.
Ni todo lo que se ve
eso es.

No todo lo que reluce
seduce.
Ni todo lo que es misterio
es serio.

LEYENDO LAS LÍNEAS DE LA MANO
DE MI MADRE

Queridos niños, la vida es tan breve y tan extensa que
hay veces en que uno llega a ver a sus padres como niños.

No exactamente como niños sino de la manera en que
ellos nos vieron a nosotros cuando niños.

Con ternura, con paciencia, queriéndolos apoyar o, sim-
plemente queriéndolos con una dulzura que los cubre.

¿Qué cuento le hubiera contado a mi madre cuando
era niña?

Me hubiera gustado ser adivino y leerle la mano.

Querida Elsa o Elsita. La vida se extiende delante de ti
como un mantel enorme, un océano.

Vas a tenerle miedo al agua.
No te va a gustar el mar; sin embargo ahora,
de pequeña, algo te tocará
la mariposa de algún sueño, y de grande vas a decir:
Me gustaría conocer Venecia.

Vas a ser una mujer fuerte y alegre.

Vas a viajar mucho más de lo que hoy podrías soñar.
Conocerás el mundo,
tu terruño te verá salir y regresar muchas veces.
Viajarás con tu esposo, con amigos,
con tus hijos, por tus hijos,
con amigas que harás para los viajes.
En tren, en auto, y hasta en avión,
también en una camioneta con una casa rodante.
Eso será cuando tengas más de setenta años.
Darás millones de pasos.

No te gustará ver las fotos de quienes ya no estén.
Cuidarás a tu padre y a tu madre,
cuidarás a tu hermano.

Vas a tener dos hijos,
los cuidarás y te cuidarán muchas veces
a lo largo de la vida.
Estarás orgullosa de ellos, y ellos de ti.

Tendrás nietos y música
los abrigarás siempre.
Veo libros.

Con tu esposo pasarán buenas épocas.
Conserva la confianza, pues habrá tiempos duros
pero tendrás una madurez y una vejez tranquila y segura.

Conservarás tu espíritu joven toda la vida.

Amarás las plantas, los perros y los gatos.
Serás terca y tendrás fe.

Te costará aceptar que las cosas pueden ser buenas
si no se presentan como quisieras.
Lo que más te importará será cuidar y estar acompañada,
la alegría.

Vivirás soledad y despedidas.
Darás mucho amor y amistad, y recibirás también.
Disfrutarás de la belleza. Tendrás paz.
Serás feliz.

Así le hubiera tomado su pequeña mano porque hoy
lo veo todo. Todo lo abarco.
Aunque no podría haber hecho un relato muy largo pues
seguramente se habría aburrido.

Estas palabras terminan aquí:
Queridos niños, tengan la edad que tengan:
siete años, veinte.
Niños de doce o de cuarenta
tomen la mano de una persona querida
y háblenle de su pasado como si le contaran el futuro.

Aléjense como un pájaro que nos mira
desde muy muy alto,
y lean lo que se ve.

Bebé comienza a pararse

Soy más fuerte
que los gigantes,
más grande que
una tormenta.

Dejo la huella
de un dinosaurio,
y vivo en esta
cueva secreta.

Soy un trueno de luz,
un gran autobús
que pasa rozando
la Tierra.

Soy un oso,
soy poderoso,
soy la palabra
abracadabra.

PAPÁ MONSTRUO VUELVE DEL TRABAJO Y JUEGA

Te tiro para arriba
te dejo caer,
te estrujo, te aplasto,
te sacudiré.

Saltás encima mío,
hundís mis costillas,
más, logro empujarte
y hacerte papilla.

Oh, amor, oh, amor
¡qué dulce sentimiento!

Te agarro de una pierna
para revolearte,
te tomo del cabello
para arrastrarte.

Hacerme tropezar, ¡rodar!
escaleras abajo
te hace muy feliz,
¡yo quedo un estropajo!

Oh, amor, oh, amor
¡qué dulce sentimiento!

Riñón que duele,
hombro salido,
me late la cabeza
quedo destruido.

Oh, amor, oh, amor
¡qué dulce sentimiento!

CLIC

Para acabar de conocerte: haga clic
y empezar a disfrutarlo: haga clic
para acabar de comenzarlo,
o empezar a terminarlo
haga clic, haga clic,
enter... clic...

Para ahogar malos recuerdos: haga snif
o pasar a otra cosa diga: ¡y bueh!
Para salir de un susto,
y tomar la teta a gusto:
diga fiuhhh, haga slurp,
slurp, bueh, snif.

Para gustar nuestros productos: haga clic
y recibirlos en su casa: oiga el ring.
Para responder al mensajito,
o chatear con videito:
haga tip, haga huuuic,
ring, huuuic, plic.

Para acabar sus soledades: haga chuic
y superar ese abandono: haga glup
para escribir poesía rara,
o sentir viento en la cara:
haga chuic, haga glup,
smuac, chuic, glup.

Ernestina, tú me hiciste muy feliz
después te fuiste y me hiciste infeliz.
Después volviste y volví a ser feliz,
volviste a irte, y empecé a ser más feliz… feliz, ¡feliz!

LADOLESCENCIA

—Arturito, ¿mamá me dice que te dio por contestar todo con adverbios?

—Quizás, probablemente…

—¿Ves? *(señala la madre, brazos cruzados, angustiada)*.

—… puede ser, a lo mejor *(Arturo)*.

—¿Y desde cuándo te picó ese bicho? *(padre)*.

—Jamás, nunca.

—Contéstame… que te pregunto en serio.

—Ayer, no… hoy, ¡siempre! ¡Ahora!

—¿No te digo? *(madre)*.

—"Ayer" no es adverbio *(padre)*.

—Sí, de tiempo *(madre angustiada)*.

Padre agacha la cabeza, mira el piso, se mira las manos. Retoma.

—¿Te sientes bien, Arturito?

—Efectivamente, claro, obvio.

—¿No era que todos los adverbios tienen que terminar en "mente"? *(padre a la madre)*.

—No, que si terminan en "mente" son adverbios.

—En mi época era distinto *(padre)*.

—El cerebro termina en mente y no es adverbio, ciertamente *(Arturo)*.

—¿¡Te estás burlando de nosotros!? *(padre da un golpe en la mesa)*.

—No *(Arturo)*.

—Negó con un adverbio *(madre)*.

—¿"No" también es adverbio?

—Lo checo en el diccionario *(madre hacia la biblioteca)*.

—¿Todos son adverbios ahora? *(padre mira hacia la ventana)*.

—Despacio, mamá, hazlo bien *(Arturo)*.

—¿De nuevo usó?

Pregunta el padre a la madre que, luego de revisar en el diccionario, lo confirma.

—Ahora encima esto *(padre)*.

—¡Papá dijo un adverbio, mamá! *(Arturo)*.

—¿Cuándo? ¡Lejos de mí! *(padre a la defensiva)*.

—"Encima", y "cuándo", y ahora "lejos".

Padre respira hondo, mira el techo, baja la mirada hacia el hijo.

—Arturo, tu mamá se preocupa, yo también, a lo mejor es la adolescencia y se te pasa… pero no te pases de listo, ¿nos prometes pararle ahí?

—…

—¿Me oíste?

—Es que para contestarte tendría que usar un adverbio *(madre)*.

—¡¡Ahí también!? *(padre alarmado).*

—Ajá *(madre).*

—¿Pero qué son los adverbios? ¿Un McDonald's, como para que esté por todas partes?

Se hace silencio, el papá mira la hora, es cerca de la cena y retoma:

—Arturito, a mí en la adolescencia me salieron unos granitos… no sé, a lo mejor a ti te salen adverbios… yo qué sé, ¿puedes cuidarte de no usarlos en casa?

—… *(Arturo amaga con abrir la boca).*

—No contestes hablando, mueve la cabeza.

—¿No es lo mismo? *(madre).*

—¡Mover la cabeza no es un adverbio, Vilma! ¡Párale tú, también!

—Contéstale a papi, Arturito *(madre).*

Y Arturito asiente con la cabeza.

VIEJITO RECUERDA SUS COMIDAS

Sándwich de ladrillo
me cae pesado,
antes me gustaba
no sé, he cambiado.

Sándwich de cemento
no puedo morderlo
¡cómo lo lamento!
apenas puedo verlo.

Nomás el de hierro
al ser más blandito,
logro masticarlo
lento… estoy viejito.

Ya sé qué quiero

¿Quién amasa el aire?
¿Quién hace el sonido?
¿Quién es panadero
y hornea los ruidos?

¿Quién va y lo reparte
hasta cada oído?
¿En qué bicicleta
cabe tanto lío?

Sonidos de vacas,
cantos de sirena,
voz de mi mamá
que extraño con pena.

¿Podría fijarse
si acaso quedó
algo de hace mucho
y no lo repartió?

Señor panadero
igual quiero hacer
harina de aire,
y ver amanecer.

Progresión sospechosa

Cuando era chico me dieron un perro,
fuimos los mejores amigos desde el primer momento.
Luego crecí y mis papás trajeron un gato,
y el perro se hizo amigo del gato, yo también;
pero el gato no era tan amigo del perro.
Me hice más grande y trajeron un pececito.
Yo lo miraba curioso,
el gato lo miraba con ganas,
el perro ni se enteró,
y el pez nos ignoraba a todos.

En un mes cumplo años y me pregunto:
¿qué bicho más pequeño seguirá esta vez?
Una mosca, un gusano, dos hormigas…
¿Qué buscan al regalarme animales
más pequeños
a medida que crezco?

Cuando cumpla veintidós me regalarán un microbio
pero no van a poder.
A mis treinta, una molécula.
Cuando cumpla cuarenta, un átomo.
Eso es lo más fácil de regalar:
—Ten, mi amor, este átomo es para ti
que los cumplas feliz.
¿Y cómo sé que es cierto?

Hermano

Ibas a cien, ibas a mil,
pasabas volando.
No te ibas a fijar en mí
yo no era nadie.

Eras modelo y no quería
otra cosa
que imitarte y aprender,
y ser tu orgullo.

Si me pasabas a buscar
sentía confianza
en la puntual aparición
de tu figura.

Tú fuiste todo para mí
mi diez, mi héroe.
Sabías todo y me traías
lo inalcanzable.

Ibas a cien, ibas a mil,
pasabas volando.
Si me mirabas me sentía
importante.

Jugar al loco del volante
o a las luchas.
Llorar de risa y sentirte
invencible.

Verte tan fuerte y fugaz
me dio el impulso,
el gusto por aventurar
un desafío.

Después el tiempo hace lo suyo
nos empareja.
Pero en mi pecho eres eterno
sentimiento.

Consejo y demostración
(útil para muchos casos)

Si te dan miedo las víboras
no te conviertas en domador de víboras
para superar las vergüenza que sientes
por tu miedo a las víboras.

Siéntete con libertad de elegir
ser nadador, jardinero,
piloto de aviones, mecánico de autos…
hay tanto cuando se escoge
libre de demostrar.

Por ejemplo:
—Insigne Catedrático Internacional, ¿desearía probar
nuestra mermelada de víboras?
—No, gracias, las víboras me dan miedo.
—¡Disculpe que se lo hayamos ofrecido!
Aquí tenemos chocolates y bombones de anís.

—Valiente Capitán de los Océanos, ¿quiere conocer
nuestro zoológico
con su fabulosa colección de víboras?
—No, gracias, las víboras me dan miedo.
—¡No se hable más! Qué vergüenza no haberlo sabido,
¡vamos al cine!

¿Entienden? No vale la pena,
¿se van a quedar encerrados repitiendo cien veces?
debo vencer el miedo a las vírobas... no
debo vencer el miedo a las víbonas... no
debo vencer el miedo a las vísobas... no.

—Famoso Músico y Mejor Dentista del Mundo,
queremos regalarle este cinturón
de cuero de víbora.
—No, gracias, las víboras me dan miedo.
—¡Pero si Usted lo cuenta en su Biografía!
¿Cómo no nos acordamos?, por favor acepte nuestras
disculpas
y este ropero lleno.

Invitado a salir

Cuando vine a la fiesta
no fui muy afortunado
pisó algo mi zapato
y quedó oliendo a rayos.

Los zapatos me quité
y mejor seguí de a pie.

Cuando al palacio llegué
no fui muy afortunado
vi un hoyo en mi camisa
y me puse colorado.

La tiré en un basurero
y mejor seguir en cueros.

Cuando al salón entré
no fui muy afortunado
ante esa gente elegante
vi mi pantalón manchado.

Fui al baño, lo hice ovillo
y seguí en calzoncillo.

Cuando al baile regresé
por fin causé sensación
la corbata que llevé
sin palabras los dejó.

Me invitaron a salir
por la envidia que les di.

Tiburón mascota

Un tiburón no conviene,
no conviene tener un tiburón como mascota
porque ladran,
arruinan el patio para esconder sus huesos,
orinan en los árboles
y te piden jugar con la pelota.

Les da por entonar aullidos tristes
cantados con sentimiento,
los pobres tiburones ven la Luna
y la extrañan como astronautas jubilados.

Es verdad que son tan simples,
cualquier cosa los distrae
y se les pasa.

TE MIRO

Te miro, te miro, te miro,
te miro, te miro,

cómo te quiero.

Y me canso de mirarte,
cómo que no,
sólo un momento…

y luego te miro, te miro, te miro,
te miro, te miro,

¡cómo te quiero!

Quién pasa al frente

Hagamos una cosa: me subo a un escenario
y ustedes son el público;
después uno se hace músico de rock
y vamos a su concierto;
después otra se hace bailarina y vemos sus coreografías.
Y así, otro se hace cocinero, y el resto sus comensales,
otra se hace piloto, y somos pasajeros;
otro dentista, y abrimos la boca,
otra pintora, y vamos a su exposición.
Si otro se hace escritor, leemos sus libros.
Otra médica, seremos sus pacientes.
Hagan de cuenta que otro se hace astronauta, lo veremos despegar, y que otra se haga abogada, y nos asesore,
otra ingeniera, y crucemos sus puentes,
otro se hace periodista, y los demás
escuchamos sus comentarios,
y otra se hace deportista, y todos vamos a las olimpiadas,
y otro mira por el microscopio, y le preguntamos qué ve,
otro hace una teoría, y nosotros
le pedimos que la explique.
O, por ejemplo, uno pone una agencia de viajes,
y los demás viajamos, otro ordeña, y los demás
compramos leche.
Si a alguno le diera por hacer películas,
los demás iríamos al cine.

Otra pone una escuela, y los demás
llevamos a nuestros hijos.
Así hasta que pasemos todos, después
yo me subo a un escenario
y seguimos jugando.

Sirenita de la mar

Sirenita de la mar
olé, olá...
que te fuiste a pasear
olé, olá...

Vi a un pececito hablar
con burbujas dijo algo.
Me gustó, me hizo feliz,
y volví para contarlo.

Sirenita de la mar
olé, olá...

Vi la Luna allá bien alto
todo el mar iluminando.
Vi ballenas y delfines
con un pañuelo dorado.

Que te fuiste a pasear
olé, olá...

Vi a un alto comandante
por la arena ir descalzo,
era un viejo barba larga
que buscaba su zapato.

Sirenita de la mar
olé, olá…

Vi la lluvia, un arcoíris,
creo que era el mes de marzo.
Me gustó, me hizo feliz,
y volví para contarlo.

PRIMERO Y DESPUÉS

Primero reviso el correo
me llegan cuentas de otros,
facturas impagas, deudas.
Escribo "pagado"
"requetepagado"
"entregado"
en cada una.
Luego las entierro en el jardín.

Después me subo a mi bicicleta
a escribir poemas.
Pedaleo por los barrios
inclinado sobre la mesa
que até al manubrio.
El viento me despeina
estoy en otra parte.
Soy feliz.

Rino dos caminos

Un hombre llamado Rino
enfrentaba dos caminos.
Ni bien uno elegía
el otro mejor lucía.
Si por uno se inclinaba…
ya el otro se le antojaba.

Sin truco que lo salvara
verde y verde, azul y roja,
dos puertas enfrentadas
obligaban a que escoja.
Entonces fue conocido
como "Rino dos caminos".

Mucho y mucho calcular
y, cuando se decidía,
de inmediato un pesar
su alegría se volvía,
pues lo veía atrayente
al camino de enfrente.

Un día como otro más
le vino una gran idea
"Buscaré una tempestad
para sentarme bajo ella
y será la solución
que un rayo me parta en dos".

Fue tras cada nube negra
medio año, por lo menos,
por dudar mejor cuál era
ningún rayo dio de lleno.
Hasta que un día de lluvia
un rayo acertó con furia.

¡Por fin estaba partido
Rino uno y Rino dos!
"Desde ahora", se decía,
"empieza mi buena vida".
Y en cada encrucijada
ambas rutas encaraba.

Mira cómo son las cosas
pues entonces comenzó
cada mitad a pensar
que la otra iba mejor:
—¡Oh, feliz, felicidad,
qué feliz debes de estar!

—Ni lo nombres, ni lo digas
¡ya quisiera tu lugar!
Un día cambió su suerte
esa mujer conoció.
Costurera era su amor
y sus dos mitades unió.

Regalo de mamá y papá

Cuando yo nací
vine en una caja
con un moño verde
en la tapa.

Mamá la recibió
tan agradecida
y a cambio ofreció
a mi hermana Sofía.

Pero ella no quiso
entrar en la caja
en vez de obedecer
a mamá contestaba.

¡Que se vaya él,
yo llegué primero!
¡Si es un regalo…
no puedo devolverlo!

Sofía al fin partió
con gran desconcierto.
Papá me recibió
con los brazos abiertos.

Cuando ella pasa
a visitarnos,
por las dudas me meto
en el armario.

CARTA ABIERTA DEL SINDICATO DE
OBREROS PORTUARIOS
A LA POETISA EMILY DICKINSON

Señora Dickinson, porque sabemos ser corteses, en
ocasión de que la hija del compañero García
le comentara unos versos suyos que oyó en la escuela:

Multiplicar los muelles
no disminuye el mar.

El compañero los trajo a la asamblea.
—¿Por qué se mete ésta? —alzó la voz más de uno.
En este país, señora Dickinson,
hay treinta mil obreros portuarios, treinta mil familias…
no es que los puertos den lo mismo, ¿me entiende?
—¡Si la Dickinson quiere decir que el misterio es irreductible,
que lo diga así y listo!
—¡Si la pena no se alivia con palabras ni poemas…
que lo diga así!
¡¿Para qué nos meten a nosotros?!
—Si ella estuviera en un algo de poesía y le caemos
a decir: "Bla bla bla bla bla…" mientras leen, no les
gustaría.
Ahí hubo que calmarlos, no sé si me explico.
Algunos ya se levantaban, nos llevó un rato.
—El mar seguirá igual de grande, pero de los puertos

salen embarcaciones para navegarlo *(aplausos)*… gracias a los puertos hay dónde lanzarse a la mar *(más aplausos)*… y tener un lugar de regreso *(más y más aplausos)*… gracias a los puertos, el mar…

el mar sigue igual de grande… pero es un mar amigo. Ahí los compañeros se pusieron de pie, emocionados… porque todos perdimos a alguien en una tempestad, ¿me entiende?

Entonces uno siente que ni los barcos, ni los puertos, ni nada ayuda nada.

Pero, entonces, un compañero preguntó si eso no venía a ser lo que usted dice de las palabras y la vida o del misterio.

Se produjo como un murmullo.

Se leyó de nuevo,

y se hizo un silencio que ni le digo.

Mire que son gente acostumbrada al trabajo rudo, no sé si me explico. Y ahí los tenía, Emily, con la cabeza baja, las manos cruzadas al frente. En ese mar de silencio, perdón si me meto en lo suyo, todos nos incorporamos, y un compañero, con un puño en la garganta, que en nuestro medio podría ser otra cosa, pero me refiero a que con la voz emocionada pronunció:

—No… aumentar los puertos no disminuye el mar.

Como diciendo que uno busca una seguridad que es imposible,

y uno se engaña, Emily, nos la jugamos igual todos los días.

—¡Viva la compañera Dickinson!
Gritó otro, y la asamblea le dedicó un aplauso de brazos alzados.
Se le extiende la presente, Emily, como testimonio a su sensibilidad hacia la vida en un trabajo como el nuestro, que nunca se reconoce.
Y por resolución F233/12 se incorpora en las firmas documentales.
Con respeto la saluda

Faustino Gasso
Prosecretario Adjunto del Sindicato Nacional de Obreros Portuarios
Multiplicar los muelles
no disminuye el mar.

Oigo

Seré tu hueco
tu silencio
tu ausencia de palabras.
Viento que no llega
lluvia que se demora
sin respuestas.
Eco de tu ignorancia.

Prometo
no asustarme de tu susto
ni agitar una solución,
ansioso por hacer algo,
mientras me cuentes
todo aquello.

Yo nunca me desconecto

Yo nunca me desconecto
de mis afectos,
me voy directo
a mis predilectos.
Y vaya adonde vaya
llevo pantalla
marco correcto
los veo perfecto.
No es abstracto.
Con mucho tacto
hago contacto en el acto.
Mantengo el pacto.

Yo nunca me desconecto
de mis afectos
en mis trayectos.

Si voy de viaje son mi paisaje
con sus mensajes
cortos y cotidianos,
tan mundanos:
"Hago esto,
ahora lo otro,
¿qué te parece?".
La lista crece.

Esos mensajes
son un masaje
que calma.
Son el pasaje entre personajes
de almacenaje constante
y al instante.

Yo nunca me desconecto
de mis afectos
selectos.

Es permanente
llenan mi mente.
Nunca me privo
yo les escribo
y sigo vivo.
Son mis amigos
son mis contactos,
mis favoritos.
Sin ellos
me quedo frito.
Por eso nunca me desconecto
de mis afectos.
Con mi pantalla, ahí donde vaya,
con frenesí
estoy con ellos
ahí.

MUCHACHO HABLA AL PROGRAMA
DE TELE

*Algunos programas buscan a jóvenes bebiendo,
peleándose o escenas marginales,
y de eso hacen su contenido.*

Si sólo nos enfocas con tu cámara
en nuestro peor momento
y haces un primer plano, vas a tener todo mi peor
momento llenando la pantallota
de tu estúpido programa de televisión.
Y sólo por manejar una cámara cara y tener unos audífonos
que cuelgan de tu cabeza puedes creerte mejor.
El lado de la lente no cambia las cosas.
No decide.
Sólo es el lado de la lente.
Y por lograr que mi peor momento llenara tu audiencia
de muda autosatisfacción, ahí estabas
con tu cámara tiburón, tu cámara halcón,
buscando porquería y te ofrecí mi peor momento.
Y por lograr que mi momento estúpido te ayude con
el rating y ocupe toda tu pantalla HD full visión, y
por lograr eso vas a creer que soy así, que si ocupó
toda tu pantalla mi momento estúpido también ocupa
toda mi vida.

Pero no es así.
Fue mi peor momento y duró eso y tengo un resto,
y un antes
y un después
que jamás le servirían a tu rating.
Son días normales, tiernos o de miedo, o aburridos,
de cuidar a mi hermanita,
o de estar en la escuela, de ayudar en el mercado
o de pasar soledad.
De sentir que el agua helada en la cabeza me despeja.
Es un placer sentir ese frío casi doloroso,
que quiere decir que mi momento tonto quedó atrás
y estoy librado.

La diferencia entre tú y yo, además de que te creas
mejor porque vendes tu programa a los anunciantes,
la gran diferencia
es que mi peor momento es eso, un momento;
pero tú los buscas cada semana,
y tu programa está hecho de eso porque es eso.
Es más: sólo es eso.
Y debe quedar mucho menos libre de ti,
que lo que queda libre de mí.
Tu programa ocupa un lugar más grande en tu vida
que mi cara en tu pantalla.
Lo piensas, lo cuidas, lo haces, lo miras cuando sale al aire,
hablas de él.

El lado de la lente no cambia las cosas.
Tu programa debe ocupar unas doce o catorce horas
de cada día de tu vida.
Ni el peor de mis peores momentos duró tanto,
ni me convierte en eso.
Tú eres quien elige estar de ese lado de la lente.
Te pudras mientras te creas mejor
y cada vez gastes más en perfumes y preguntes:
¿de dónde viene ese olor?
¿de dónde viene ese peligro?
¿de dónde viene esa violencia?
Del otro lado de la cámara.
Enfoca bien:
del otro lado.

Michi Michi Airways

Ningún gato es un avión, pero
si fuera un avión y no tuviera matrícula
sería ilegal volar en él.
Si le pintaran una falsa
cometerían un delito.
Si la matrícula fuera real
pero el gato no fuera un avión
no sería delito
tampoco volaría.
Si alguien hubiera tramitado esa matrícula aérea
para un gato que no es un avión
habría mentido al llenar los formularios.
Pero un gato que no es avión
incluso con matrícula falsa
no pone en peligro a los pasajeros.

Yo vi a Sansón

Yo vi a Sansón,
era un panzón,
que no usó calzón
al jugar pin pon.

Le grité: "Oye, men,
¿se te pierde el tren?
¿No ves que te ven
todo el almacén?".

Del club lo echaron,
y lo empujaron.
Ni siquiera hablaron
cuando lo expulsaron.

No es tan grave, no es tan grave
no es tan grave.

Triste me sentí
y también me fui
de ese club fifí
que trataba así.

Encontré al amigo
eligiendo abrigo
del duro castigo
por mostrar su ombligo.

Lo vi a Sansón
comprar un calzón;
triste, con donaire.
Su trasero al aire.

No es tan grave, no es tan grave
no es tan grave.

SE PREGUNTAN

Las plantas se preguntan si hay otras formas de vida
las hormigas se preguntan
los humanos también.
Unos peces en las profundidades
se preguntan si hay más peces en el universo.
Los niños se preguntan si hay
otras formas de ser niños.
Las aves se preguntan por otras formas de volar,
las tortugas piensan lentamente,
pero piensan esas cuestiones.
Las ballenas y los delfines se preguntan.
Las cochinillas, los elefantes, las abejas,
los fabulosos hipopótamos se preguntan, realmente:
¿habrá otras formas de vida en el universo?

Vean a tanto ser ir en silencio
¿qué se imaginan que hay
en la cajita azul de su pensamiento?

Latin moto sky

Entra al negocio de motos espaciales, pide el modelo que había visto en la red. La trae uno de overol azul.

—Qué tal, soy José, se compró una excelente máquina *(mientras quita un plástico)*, ¿la lleva en el espacio-bus?

—No, traje casco…

—Ya viene con traje y casco *(brazos abiertos)*.

—Ah… *(sonrisa)*.

—No use otros accesorios, este casco viene con sensores biométricos; en un cuadrito que no molesta verá sus parámetros vitales…

—Impresionante.

—… y el casco transmite. Usted está volando de la Tierra a Marte, póngale, un viaje corto, se resfría y le sube la temperatura, ahí mismo el casco manda esos datos a la base de salud, vuelve una señal automática y usted ya no tiene el control de la moto, ¿me entiende?

—No.

—La computadora está programada para el viaje más seguro, y supone que si usted está medio medio, pilotea ella…

—Increíble.

—Ahora, si no quiere que la computadora le quite el mando… ¿ve este taponcito de goma para la oreja izquierda?

—Ajá…

—Péguele una moneda ahí, y el sensor capta la misma temperatura y no pierde el control.

—Claro…

—Otra: el tanque da para cien mil kilómetros y tiene la alarma de reserva a los setenta mil; pero… pero…. *(dedo en el ojo)* con el diez por ciento hace cuarenta, cincuenta mil kilómetros.

—¿Tanto?

—Entonces, con cualquier papel hace una bolita, lo pone en el lector láser del depósito…

—… y siempre da lleno.

—¿Me entiende? *(dedo en el ojo)*. Ahora, la moto ya viene con media carga de oxígeno, pero vamos a hacer una cosa *(desarma una pieza)*, esto es un resortito para que se abra más piri pipí…

—¿No conviene dejarlo? *(dueño, preocupado)*.

—Los cargadores lo abren mal y le come la rosca del difusor… ¿sabe cuántos arreglamos por mes? *(extrae piezas)*. Ahí está, lo tiramos.

—… *(Cliente acepta, asustado)*.

—La pastilla de oxígeno prensado dura dos meses, dos meses puede quedarse a vivir en el espacio, si quiere; pero… *(dedo en el ojo)* tenemos clientes que no le cambiaron la pastilla… ¡en seis meses!

—Eh… igual me llevo una pastilla de oxígeno extra.

—Pero no vendemos de las originales.

—¿Ah, no?

—Cuestan más y duran menos. Tenemos las "genéric uán". La única diferencia es que son más gordas.

—¿Entonces?

—*(Dedo en el ojo)* Con cualquier lima de uñas la rebaja y la deja del tamaño.

El cliente tomó la pastilla gorda entre sus dedos. Se recordó a sí mismo que este concesionario era oficial.

—Para terminar le hacemos dos ajustes.

—Mire, por mí ya está bien.

—Éste es el radar *(hace fuerza)*, lo doblamos un poco *(más fuerza)*.

—¡Se va a romper!

—Está hecho para golpes de basura espacial, ¿sabe lo que aguanta? *(más fuerza)*, ahí está. Porque derecho tiene la mitad de sensibilidad, y usted lo tuerce, así, y lee el doble… Y el otro, es que la Comisión Interespacial hace poner un limitador de velocidad, pero con un clavito…

—¡No!

—No se preocupeee… destapamos el plastiquito *(rompe una pequeña cobertura)*. Listo, el cielo es suyo.

—Eh, gracias, este…

—Ah, el casco y el traje son gratis porque nada es gratis, le van a enchufar una publicidad cada media hora *(busca una etiqueta de tela en el traje, la arranca de un tirón)*. Ya está… sin propaganda.

El técnico lo saluda y regresa al taller. El comprador camina hacia el vestidor con sentimientos encontrados. Por un lado una fe irracional en la tecnología anglosajona; por el otro, una fe irracional en que los latinos descubrimos lo realmente necesario, y con esa mezcla se lanzará al espacio en moto.

CHARLA ENTRE LOS HIJOS
DE MELCHOR, GASPAR Y BALTASAR

—Oigan, ¿ustedes sabían que los Reyes son los papás?

SIN TOCARLOS SIQUIERA

Primero voy a hacer que la punta de su lengua roce el paladar, preparados. Comenzamos.

Digan:
ni, innato, tanino, nono, Nina, intestino…

Ahora lograré que cierren los labios.
¿Preparados?, digan:

Momo, mamut, mimo, mamá, prima, puma, mapa…

¿Vieron?

¡Magia!
(cha chán).

CUATRO SECRETOS
DE LAS LINTERNAS

1.
Si uno apaga la luz del cuarto
o va al patio de noche.

El chorro de luz hay que saber apuntarlo
si se apunta mal
sale disparado para cualquier lado,
pero si uno lo apunta bien te levanta
igual que un chorro
de agua de manguera de bombero
o de avión.

2.
Si apuntas a la copa de un árbol
el chorro llega y queda agarrado.
Entonces uno desenrosca, de a poco,
la tapita de la pila de la linterna
y, al hacerse más débil la luz,
se acorta.
Al achicarse el haz de luz te jala
hasta que puedes subirte al árbol,
porque la punta de luz no se suelta de la rama,
y porque la luz no viaja torcido.

3.
El chorro de luz, mientras viaja por el aire,
es casi invisible,
puede que choque contra algún polvito que flota,
pero sigue invisible
hasta que llega donde quería y ahí brilla con todo.
¿Por qué?

4.
Yo y mi amigo hicimos un carrito con vela.
Es de madera de cajón regalado en la verdulería,
las ruedas del cochecito de cuando era chico,
y la vela es de una camiseta de papá.
Se usa de noche:
al apuntarle el chorro de luz de la linterna
la vela se infla y empuja hacia delante.
Si se acelera demasiado: desenroscamos la tapita.

Así viajamos.
De lo único que hay que acordarse
es de llevar pilas de repuesto
porque te emocionas y le das para delante
cuando te quieres acordar
se gastaron las de la linterna y tu casa queda lejos
o es de madrugada y la linterna no se ve.
Hay que esperar la noche
y tu casa queda lejos.

Yo y mi amigo llevamos repuestos
para volver siempre derecho
y aprovechar la vuelta al mundo.

CONOCERTE CON LAS MANOS

La Luna me gusta pero no sé
no sé por qué la miro,
ni por qué se ve.
No sé por qué le hablo
ni por qué ilumina.

Me gusta y me gusta
y me subiría,
no digo a bajarla,
no digo desarmarla,
tocarla… tocarla.

Jugar un poquito,
verla rodar,
hacer que rebote.
Después bostezar.

Tarde se hizo tarde,
sueño se hizo sueño.
Los ojos se me cierran,
la Luna vuelve al cielo.

Fue lindo conocerte.
Gracias por subir.
Gracias por dejarte
tocar por mí.

A QUIÉN SE LE OCURRE

Qué cosa de risa,
qué idea más loca
en medio tu cara
¡tienes una boca!

Qué idea más loca
qué cosa de risa
el viento está afuera
y no usa camisa.

Qué cosa de risa,
qué idea más loca
el agua no alumbra
la luz no me moja.

Qué idea más loca
qué cosa de risa
se siembran los chistes
y llueven sonrisas.

GRACIAS POR TUS CUIDADOS

Gracias
por todo lo que me diste
pero no quiero ser como tú.
Gracias por tus cuidados, los sándwiches,
las noches de desvelos, los cuentos,
por las montañas y los juegos.
Gracias por las hermosas aventuras
las navidades
los pasteles y esperarme en el borde de la alberca.
Gracias por la fe que no tendría sin tu fe
y no tomes como una traición
que no quiera ser como tú.
Gracias por hacer así con el pañuelo
por el pueblo, el club
gracias por el remo.
Gracias, incluso, por estar ahí, todavía.
Intento alejarme y quiero
evaporarme, me pierdo
me calzo una mochila y no me llevo todo
lo extravío
dejo las llaves o me olvido de una cita cada tanto
por sentir que bastaría con no ser como tú
para ser lo que quiero.
Necesito quitarme tus consejos
y si intento dejar tus gestos

ese modo de mirar poniendo distancia,
el peinado, la forma de mi nariz, tu postura,
si por amor o sin remedio aprendí
hasta tu forma de apoyar los pies,
no sientas ingratitud ni me cuides de un fracaso.
A ver si veo
si puedo ver,
a ver qué queda.

LUGAR

Cielo en el cielo,
mar en el mar,
¡qué suerte que todo
encontró su lugar!

Luz en los ojos,
perfume en la nariz
y tú
y yo
aquí.

Teorías y decisiones

¿Cómo era antes de nacer?
¿Era un angelito igual a mí que esperaba que mis
papás se decidieran?
¿Por qué quise nacer?
No me acuerdo de eso.
Tal vez no fue que quise nacer
me quisieron nacer mis papás, por así decirlo.
¿Podría haber elegido a otros papás?

De chico fantaseaba que iba por la calle,
venían unos señores importantes y me anunciaban,
con mucha formalidad,
que yo era hijo… ¡de Pedro Infante!,
un cantante muy popular, rico y famoso.
Me imaginaba que les avisaba a mis papás,
quería saludarlos, agradecerles… pero tenía que irme con él.
Ellos me respondían que habían descubierto
que también eran hijos de Pedro Infante.
¡Todos querían ser hijos de Pedro Infante!
Qué listos.

Pasaba tardes y tardes fantaseando eso,
mientras caminaba por las veredas de mi pueblo.
Luego llegaba a casa,
me saludaba mi mamá.

—¿Quieres tomar leche?
Yo asentía.
Me quedaba en silencio viendo cómo la preparaba
(recordemos que hace instantes
venía de ser hijo de Pedro Infante
y ahora la observaba prepararme la merienda en la cocina).
Regresaba de pasar una tarde entera en la alberca, en el club,
con las manos arrugadas por el agua.
Ella me preparaba unos sándwiches con pan grande,
mucha mayonesa, mucho jitomate fresco.
¡Cómo los saboreaba!

Eran tan ricos que caía en otra ensoñación y me veía
en casa de Pedro Infante, con el sándwich de mayonesa
y jitomate en la mano, explicándole que no podía ser su
hijo, que no lo tomara a mal.

¿A ustedes qué les gustaría más?,
¿haber estado en la panza de sus mamás o en el pico
de una cigüeña?

¿Se imaginan encima del océano en un pañal que cuelga
del pico y que te agarre una turbulencia?
Ahí estaría mejor ser hijo de unos papás franceses
y no tener que volar tanto.

Así y todo me gusta más la idea de la cigüeña,
supongo que por el espacio abierto,

es más poética, tiene más aventura.
Empiezas la vida con un viaje, conociendo mundo.
Tienes anécdotas para contar cuando llegas.

Si se pudiera elegir, escogería la cigüeña…

la cigüeña y los sándwiches de jitomate y mayonesa,
es decir, a mis papás.

Y, en todo caso,
ser sobrino de Pedro Infante,
ahí está, ésa también es una posibilidad.

El cielo es agua de aire

El cielo es agua de aire
y allí navegan
aviones sin vela,
aves sin motor,
cosas que no veo,
tal vez jirafas, quizás leones,
globos enormes,
nubes, limones.
Algunos naranjos
y ningún banco.
Ramas, jazmines
chocolate, grisines.
Doctores que preguntan,
hormigas que conversan.
Perros moviendo la cola
abuelas con más abuelas,
ninguna sola.

No miento si un día vi
tu sonrisa venir de ahí.

Papelitos de mamá

Antes no sabía
que había comida;
tenía a mamá
y con eso ya está.

* * *

Siempre hay agua
siempre agua habrá
y mi cariño
siempre estará.

En un papelito
quiero anotar
algo que jamás
voy a olvidar.

Te quiero y quiero,
siempre te querré
te busco y espero,
estés donde estés.

PAPELITOS DE PAPÁ

Cuando vemos algo
papá lo dibuja
en un cuaderno
de los dos.
Es un bolsillito
de descubrimientos
donde guardo y repaso
todo lo nuevo.

* * *

Te invito a mi casa
es muy fácil llegar,
le pido a mi papá
que te vaya a buscar.

Está llena de libros,
discos en cantidad,
la manguera del patio
también se puede usar.

Quédate todo el día,
trae para dormir.
Te presto mis juguetes,
¡te vas a divertir!

* * *

Cuando acaba la lluvia
quedo en calzoncillos,
y nos vamos con papá
a pisar charquitos.

La esquina de casa
es un río de agua
y otros chicos juegan,
se tiran de panza.

Nos hacemos a un lado
cuando pasa un barco,
que, culpa de la lluvia,
va muy extraviado.

Después papá me seca
con toalla muy suave
mientras mamá prepara
un pan con tomate.

Perro peligroso

Te mira, mueve la cola. Tú no quieres llevarte
un perro a casa
pero él te ofrece ayudar con la bolsa del mercado
y seguir su camino.
Aceptas.
Como te da lástima que sea tan bueno
le explicas que no puedes tener un perro en casa,
él es sumamente comprensivo, "No te preocupes".
Al llegar le ofreces un vaso de agua.
Pasa a la cocina y te ayuda a acomodar las compras.
Platica de lo más entretenido.
Le ofreces un hueso.
Acepta.
Te pide que si le prestas la computadora
para revisar sus correos.
Dices que sí, total, es un minuto.
Cuando termina, ofrece sacar la basura a la calle.
Aceptas.
Lo hace, vuelve a entrar
te cuenta un chiste muy ingenioso.
Etcétera, etcétera, etcétera.
Se queda a vivir y tú de lo más feliz.

NUEVO Y REPETIDO

No todo lo nuevo
es desconocido,
de pronto algo tiene
sabor repetido.

La Luna, la Luna…
la miro y no sé
si nos vimos antes
o es primera vez.

Tu cara, tu cara…
la estudio pensando,
porque te conozco
y no sé de cuándo.

Bien no me acuerdo
pero estoy seguro
de que ya hubo un antes
y estuvimos juntos.

Buena educación

No hables con la boca llena
no viajes
con el alma llena
no quieras
con el corazón lleno
no gobiernes
con la barriga llena
no enseñes
con la cabeza llena
no elijas
con los ojos llenos
no deseches
con la lista llena
no des órdenes
con el bolsillo lleno
no permanezcas
con la curiosidad llena.

Pausa

Despedida tipo 1

El autor no se hace responsable
por las lecturas que sigan
después de ésta.

El editor se desliga
de cualquier obligación
por lo que pongan en sus manos
al dejar estas líneas.

El impresor no quiere saber nada
de que vengan con reclamos
por andar eligiendo otros libros.

Arréglenselas solos
si son tan listos
como para seguir con otras lecturas.

Aquí termina el libro
¡No avancen!
¡No sigan más!
¡Quién sabe qué peligros
haya más allá!

Despedida tipo 2

Que tengas buen viaje
que encuentres abrigo,
toca abrir la puerta
que vierte caminos.

Yo veré otros ojos
tú otro paisaje,
seré en tu memoria
ligero equipaje.

Que tengas canciones,
comida, alegría,
muchas aventuras
que agranden tu vida.

La suerte nos haga
cosquilla en la nariz,
el viento nos bendiga.
Sé feliz, feliz, feliz.

Agradecimientos

Mi padre, que era mecánico, también arreglaba relojes. Lo veía desarmarlos, ponerles aceite, componerlos con delicada concentración y paciencia. En provincias, y en una época en que eso no se acostumbraba ni siquiera en las capitales, acompañó a nuestra madre en los partos de mi hermano y mío.

Mi madre me despertaba cantando mientras levantaba las persianas, todas las mañanas, y preparaba un café con leche irrecuperablemente hermoso; y más y más. No eran poetas de palabras, sino de eso que acabo de contar.

Así, la poesía me llegó como continuidad de gestos. También por carencia de otras cosas, fuera porque de niño uno cree que debería poderse todo o porque realmente faltaban. En parte tuve la poesía y en parte la necesité. Una luz y un perfume que nacen de esa tensión invisible. Como herencia, modelos y aprendizajes; pero también como dolor, y que se sana, no sé si con palabras o con aquello que uno puede ver gracias al molde de las palabras.

Gracias a Diana Bellesi, con quien leímos en voz alta los poemas de este libro. Su mirada, sus comentarios, y hasta solamente ver cómo los recibía, fue iluminador en todo el proceso.

A María Fernanda Maquieira, mi editora desde hace ya tantos años y libros, así como a Violeta Noetinger y a Lucía Aguirre, porque dan el enorme crédito que hace que uno se aventure a llenar el espacio de su confianza. También por su exquisito rigor profesional. A todo el equipo de Alfaguara.

Muy especialmente a los niños Emma Beutel Rabinovich, Theo Beutel Rabinovich y al licenciado Marcos Roth Pereyra, quienes, junto con la editora Paola Santos del Olmo, revisaron la adaptación al español usado en México. Ellos, con delicada sensibilidad y una buena dosis de calle y humor, cuidaron que las palabras de este libro y yo mismo nos sintiéramos en casa.

A Miguel Espeche, por las charlas tan sabias y mundanas, algunas de las cuales se convirtieron en poemas.

A Jorge Maronna, que me abrió tantas puertas, definitivas.

Muy especialmente a Eduardo Figueroa, por su tono constante, su inalterable bonhomía, las conversaciones de humana agudeza, que también se convirtieron en poemas.

A Sebastián Blutrach, por la manera fácil y su compañía.

A Magdalena y a Vicente, por nuestro hogar.

Luis María Pescetti

www.luispescetti.com

Nació en San Jorge, Santa Fe. Es escritor, músico y actor con nutrida experiencia de campo en la docencia y el encuentro con niños y familias.

Estudió musicoterapia (diploma de honor), armonía, composición, piano, literatura, filosofía para niños y fue profesor de música en escuelas y en el Plan Nacional de Lectura de Argentina durante diez años. Desarrolla una intensa actividad académica sobre el humor y la comunicación con niños dirigida a pedagogos, pediatras, psicólogos y artistas; tanto en universidades, jornadas hospitalarias, ferias de libros, como en su blog.

Creó y condujo programas de radio y televisión sobre música, literatura y humor para público infantil-familiar, en México y Argentina, durante más de catorce años.

Entre los premios nacionales e internacionales que ha recibido, mencionamos los destacados de ALIJA y el Premio Fantasía (Argentina), el Premio Casa de las Américas (Cuba, 1997) y The White Ravens (Alemania, 1998, 2001, 2005).

Su amplia producción de libros para niños es reconocida en América Latina y en España. Algunos de sus títulos son: *Caperucita Roja (tal como se lo contaron a Jorge)*, *El pulpo está crudo*, la serie Frin, los libros de Natacha, *Historias de los señores Moc y Poc*, *Nadie te creería*, *No quiero ir a dormir*, *La fábrica de chistes* y (para adultos) *El ciudadano de mis zapatos* y *Copyright*.

Ha realizado ocho discos con shows grabados en vivo: *El vampiro negro*, *Cassette pirata*, *Bocasucia*, *Qué público de porquería*, *Inútil insistir*, *Tengo mal comportamiento*, *Él empezó primero* y *Cartas al Rey de la Cabina*, y tres DVD. Presenta espectáculos de humor para todas las edades, con shows y temporadas en los foros más importantes de México y Argentina; pero también en Estados Unidos, España, Colombia, Chile, Brasil, Perú y Uruguay.

Por su labor musical, recibió el Grammy Latino (Estados Unidos, 2010), Premio Kónex por espectáculo infantil (década 2001/2011, Argentina) y Premio Gardel (Argentina, 2009, 2012).

Además fue declarado Personalidad Destacada de la Cultura (Buenos Aires, 2012), Embajador Cultural de San Jorge (Santa Fe, 2011) y Visitante Ilustre (Córdoba, 2011).

Índice

Este ejemplar se terminó de imprimir en Octubre de 2014,
En COMERCIALIZADORA DE IMPRESOS OM S.A. de C.V.
Insurgentes Sur 1889 Piso 12 Col. Florida
Alvaro Obregon, México, D.F.